풀 메탈 패닉!

FULLMETAL PANIC!

Family

나, 한번 열중하면
주위가 안 보이게 돼.
그래서 몇 번이나 실패를 했어.

사가라 나미
장녀. 고등학생.
독서를 사랑한다.
남의 감정을
잘 읽지 못한다.

사가라 소스케
과거에는 전설의 용병.
지금은 가족이 있는
어엿한 아버지
……겠지.

사가라 야스토
장남. 초등학생.
언제나 어디서나
태블릿 PC를
만지작거리고 있다.

사가라 카나메
옛 성은 치도리.
소스케와 함께
격동의 고교 시절을
헤쳐나왔다.

"자, 우동 먹어. 싫은 건 다 잊어, 잊어!"
"그래······."
소스케는 패기 없는 목소리로 대답하고 젓가락을 딱 쪼갰다.
"아빠, 왜 풀 죽었어?"
"그러니까, 짤렸다고. 어제 말했잖아."
맞은편 자리에 앉은 야스토와 나미가 말했다.
나미는 된장 라멘, 야스토는 테리야키 버거를 맛보는 중이었다.
"짤렸으면 어때. 본업으로 돌아가면 되겠네."
"야스토, 아빠는 건전한 일을 하고 싶었던 거야. 용병이니 병기 회사 테스터 같은 거 말고."
"그것도 건전한 일이잖아. 직업에 귀천은 없다는 말도 있고."
"뭐, 그건 그렇지만······. 뭐라고 설명해야 하나."
나츠미는 그렇게 말하면서 된장 라멘을 호로록 먹었다.
"아빠는 말이야, 평범한 일을 하고 싶었던 거야."
카나메가 대신 설명했다.

"카나메 씨, 별로 안 와봤나요? 이런 데."
렌이 말했다.
"응. 일은 사람 만나는 건 부하들한테 맡겨놨으니까. 애들이 있으면 말야. 역시 그럴 시간이 없잖아."
"하긴, 개인적인 일로 올 일은 없겠군요……."
"이 멤버니까 즐겁지만, 이렇게 화장하고 쫙 빼입고 전철 탈 시간이 있으면
집에서 포테이토칩 먹으면서 멍때리고 싶다고~."
"맞아~!"
쿄코가 깔깔 웃었다. 렌도 조심스레 웃으며 끄덕끄덕 수긍했다.
단 한 사람, 독신이며 아이도 없는 미즈키는 별로 웃지 않았다.
또 잠시 미묘한 분위기가 흘렀다.
"……다들 힘들겠다. 나만 편해서 미안하네. 어제도 회사의 젊은 애랑 바에서 한잔했고."
약간 자랑하듯 하즈키가 말했다. 오히려 그녀 나름대로 신경을 써준 것이리라.

CONTENTS

출처

제1화   드래곤 매거진 2023년 9월호
제2화   드래곤 매거진 2023년 11월호
제3화(일부) 드래곤 매거진 2024년 1월호
appendix 오리지널

커버 및 본문 일러스트_ 시키 도지
메카닉 디자인_ 에비카와 카네타케

풀 메탈 패닉!

FULLMETAL PANIC!

Family

제1화 사이타마 현 오미야 시의 단독주택 3LDK

"역시 무기가 필요하다. 옷장에 있으니 가져와라."

무뚝뚝한 얼굴로 아버지가 말했다.

"아빠, 늘 쓰던 카빈이랑 수류탄이면 되지?"

딸이 말했다.

"또 숨겨놓고 있었구나! 맨날맨날 '무기 따윈 필요 없다' 고 했으면서!"

진저리를 치는 표정으로 어머니가 말했다.

"엄마, 적이 오고 있으니까. 불만은 나중에 나중에."

아들이 말했다.

그 일가의 옆집에 사는 고등학생, 다나카 이치로가 물었다.

"저기요? 여러분…… 아까부터…… 무슨 말씀을 하시는 거예요? 게다가 적이라니……."

일반인인 이치로는 사정을 이해할 수 없었다.

이곳은 사이타마 현 오미야 시. 그중에서도 변두리의 평범한 주택가다.

따뜻한 봄날의 오후. 지금도 저기서 참새가 짹짹 지저귄다.

그런데 '적'이라니.

하지만 이치로의 눈앞에는 그 '적'인지 뭔지가 기절해 쓰러져 있다. 일가의 현관 앞이고, 택배업자의 모습이었지만, 그의 손에는—— 서브머신건? 인지 뭔지, 그런 무기가 들려 있었다.

아버지는 그 서브머신건을 빼앗아 익숙한 손놀림으로 이것저것 조작했다. 정확하게는 서브머신건의 잔탄 수를 확인하고 볼트를 작동시켜 탄환을 장전한 것이지만, 이치로가 거기까지 알 수는 없었다.

"이치로 군. 기껏 딸을 찾아와줬는데 미안하다만, 조금 위험해질 테니 돌아가 주지 않겠나."

"네? 저기요?"

그런 아수라장을 몇십 번쯤 헤쳐나왔는지, 아버지는 빈틈없는, 그러면서도 긴장하지 않는 표정으로 현관 밖을 살폈다.

"아니…… 이미 늦었군. 내 뒤에 숨어있어라. 절대 떨어지지 말도록."

"네? 그게 무슨……."

"온다."

"온다뇨? 뭐가……."

아버지가 이치로를 잡아 쓰러뜨렸다.

총성. 총성. 폭발음.

현관문이 날아가고 벽에 구멍이 펑펑 뚫렸다.

아버지가 마주 쏘아대고, 어머니가 진저리난다는 듯 귀

를 막고, 딸이 무기를 가져오고, 아들이 드론을 띄웠다.

총성. 총성. 또 총성.

"잠까, 뭐, 이거, 사람 살……."

"더 온다."

하늘과 땅이 뒤집어진다. 왼쪽에서 오른쪽에서 충격이 엄습한다.

자신의 비명이 공연히 멀게 느껴졌다.

현관에는 '적'이라고 하는, 온통 검은 옷을 입은 남자들이 보였다. 쾅 소리와 함께 폭발. 남자들이 바닥함정에 빠졌다.

잠깐만, 여기 평범한 집 아니었어? 근데 함정이라니?

마당에서는 '적'이 와이어 트랩에 걸려 허공에 매달려 있었다.

이것도 그렇다. 평범한 마당 아니었어? 근데 와이어 트랩?

혼란에 빠진 이치로는 외쳤다.

"뭔데! 도대체 뭔데, 너희 집?!"

"아무 이상할 것 없는 평범한 가족이다."

딸에게서 카빈을 받아들고 발포하며 아버지가 말했다.

○ ○ ○

발단은 일주일 전의 일이었다.

평범한 고등학생인 다나카 이치로는 그날도 평범한 하루를 마치고, 저녁이 되어 평범한 귀갓길에 올랐다.

이치로는 정말로 평범한 소년이었다. 성적은 중상위권. 중학교까지는 축구부였지만 지금은 귀가부. 적당히 친한 친구가 몇 명. 특기는 없다. 굳이 들자면 유럽(특히 스페인)의 축구팀을 잘 아는 정도.

그런 평범한 자신에게 만족했다.

그렇다. 평범한 게 제일이다.

다만 그날, 조금 평범하지 않았던 점은, 학교에서 돌아와 보니 옆집 앞에 커다란 이삿짐 트럭이 세워져 있었던 것이었다.

그러고 보니 옆집이 지지난달에 이사를 간 후로 계속 빈집이었다. 그 집에 누군가가 이사를 온 모양이다.

지어진 지 20년쯤 되는 3LDK. 만약 4인 가족이라면 조금 좁겠지만 가격은 적당할 것이다. 역까지 도보로 10분 거리니 나쁜 조건은 아니지──.

그런 오지랖 같은 생각을 하며 이삿짐 트럭 옆을 지나치던 이치로는 자칫 여자아이와 부딪칠 뻔했다.

"앗……."

이치로는 얼른 피했다.

나이는 이치로와 비슷한 정도일까. 보아하니 이사를 온 집의 딸인 듯했다. 그 소녀는 트레이닝복에 샌들을 신고 촌스러운 안경을 끼었지만, 그래도 흠칫 놀랄 만큼 예뻤다. 촉촉한 긴 흑발을 아무렇게나 틀어 올렸을 뿐인데도, 윤기가 흐르는 것 같았다.

"죄송합니다. 잠깐…… 비켜줘요."

무표정했지만, 조금 힘든 듯한 목소리로 소녀가 말했다. 이치로는 그제야 그녀가 무거운 종이상자를 나르고 있다는 것을 알아차렸다.

"아, 죄송합니다."

이치로가 길을 양보하고, 트레이닝복 소녀가 고개를 꾸벅하며 지나가려 했다. 하지만 그때 그녀가 안은 종이상자의 바닥이 뚫려버렸다.

"앗…….."

땅바닥에 쏟아진 내용물은 책이었다. 소녀는 딱히 당황하는 기색도 없이, 조그만 한숨을 한 번 쉬고는 책을 줍기 시작했다. 이치로는 자연스레 소녀를 거들게 되었다.

"미안해요."

"아뇨…… 저야말로."

손에 들고 보니 전부 모르는 작가들뿐이었다. 해외 문학이 많았다. 아는 것은 미야자와 켄지 정도였다.

"이……이사 오셨나요?"

침묵이 어색해 이치로는 간신히 그렇게 물어보았다.

"……네."

"그럼 이웃사촌이네요."

"저 집 분이세요?"

소녀가 옆집의 다나카 가를 흘끔 보았다.

"아, 맞아요. 다나카라고 해요. 잘 부탁합니다."

"사가…… 아니, 이나바예요. 잘 부탁해요."

"네?"

"이나바예요. 이나바."

소녀는 마치 자기 자신에게 들려주려는 것처럼 반복해 말했다. 그리고 이삿짐 트럭 건너편을 향해 물어보았다.

"엄마, 이나바 맞지?"

"아니라고! 이나바가 아니라 오노데라! 아~ 벌써 말해 버렸어?"

트럭 반대쪽에서 어머니가 나타났다. 트레이닝복 바지에 티셔츠 차림이었지만 이쪽도 엄청난 미인이었다. 게다가 젊다. '엄마'라는 말을 듣지 못했다면 언니라고 착각했을지도 모른다.

"아~ 만나서 반가워요. 호호호. 옆집 아드님인가요? 오늘부터 신세 지게 될 오노데라라고 해요."

"어, 네……."

"이나바는 잊어주세요. 오노데라예요, 오노데라."

"네. 아―…… 오노데라 씨."

"네, 오노데라."

어머니는 웃음을 머금은 얼굴을 불쑥 들이댔다. 아마 복잡한 사정이 있으리라.

"남편이랑 아들은 편의점에 간식을 사러 갔는데…… 나

중에 인사하러 찾아뵐게요. 딸은 이치로 군하고 동갑이니까, 부디 친하게 지내줘요."

어머니와 함께 딸도 고개를 꾸벅 숙였다.

"아, 알겠습니다."

아니 잠깐. '이치로'라는 이름을 말했던가? 게다가 나이는 어떻게……

"엄마. 아직 이름 못 들었어."

소녀가 냉정한 목소리로 지적하자, 어머니는 뭐라 형언할 수 없는 씁쓸한 표정을 지었다.

"아, 그랬구나. ……그게, 어, 그 집 어머님하고 말이죠, 아까 서서 이야기를 나누다 들었거든요! 진짜로 그게 다예요. 우, 우하하하."

"네에……."

이치로의 어머니는 마트에 아르바이트를 나가 아직 돌아오지 않았을 텐데. 하지만 이 이상 추궁하는 것은 왠지 저어되었다.

그때, 저쪽 인도에서 남성과 아이 두 사람이 다가왔다.

"아, 금방 왔네."

아마 아버지와 아들일 것이다. 손에는 간식과 주먹밥이 담긴 편의점 비닐봉투를 들고 있었다.

"편의점, 의외로 가까웠어. 최고야. 전에는 옆 도시까지 차로 1시간 걸렸는데."

아들이 말했다. 보기에는 초등학교 3, 4학년 정도일까.

"근데 아빠는 왜 풀이 죽었어?"

"칼로리 메이트…… 과일 맛이 없었다."

힘없이 중얼거린 그 아버지는 잘 단련된 몸을 가지고 있었다.

나이는 40 정도일까. 무뚝뚝한 얼굴에 언덕 모양 입. 왼쪽 뺨에는 희미하게 십자 흉터가 있었다.

"초코 맛은 있었으니까 됐잖아."

아들이 대꾸했다.

"아빠는 옛날부터 과일 맛을 좋아했어. 이유는 아직도 모르겠지만."

어머니가 말했다.

"지난 몇 달 동안 어떤 가게에서도 파는 것을 못 봤다……."

아버지가 어깨를 늘어뜨렸다.

"과일 맛이라면, 생산 종료됐다던데요."

이치로가 자기도 모르게 말했다. 얼마 전에 인터넷에서 우연히 기사를 봤던 기억이 있었다.

"뭐?"

"과일 맛은 생산 종료됐대요."

그 말이 어지간히 충격적이었는지, 아버지는 느닷없이 이치로의 어깨를 붙잡았다.

"말도 안 되는 소리 하지 마라……! 그런 맛있는 것을 생산하지 않는다니. 말도 안 돼. 제정신이냐, 오츠카 제약? 내가 이제까지 과일 맛을 얼마나 사줬는데……! 아마 경차 정도는 살 수 있을 금액일 거다. 이봐, 뭐라고 말 좀 해봐. 그런데…… 너는 누구지?"

"옆집…… 다나카……인데요."

이치로가 더듬더듬 말했다. 아버지는 금세 제정신을 차리고, 깃이 흐트러진 그의 교복 블레이저를 정돈해주었다.

"아아, 이거 미안하게 됐다. 큰 결례를 저질렀군. 음, 이치로 군이라고 했나."

"넌 아직 이름 못 들었잖아."

어머니가 얼른 말했다.

"그랬지. 뭐, 아무튼 다나카 군. 오늘부터 옆집에 이사 오게 된 미키하라라고 한다. 잘 부탁한다."

"아니고, 오노데라."

이번에는 딸이 말했다.

"그랬지, 오노데라였다. 오노데라. 미키하라는 잊어다오."

"네에……."

그때, 이사 업자가 집 쪽에서 말을 걸었다.

"저기요~ 부인. 주방 쪽을 좀 봐주셨으면 좋겠는데요……."

"아, 네~. 그럼 실례할게요."

어머니는 허겁지겁 그 자리를 떠나고, 아버지와 아들도 꾸벅 인사한 다음 그 뒤를 따라갔다.

"엄마, 내 생각이지만…… 주변 가족 신상은 안 보는 게 오히려 자연스럽지 않아?"

"쉿! 그건 나중에 얘기해."

그런 어머니와 아들의 말소리가 들려왔지만, 이치로는 무슨 소린지 알아들을 수 없었다.

　"미안해. 부모님이 덜렁이라."

　남은 딸이 말했다.

　"아니, 별로 안 그런데."

　"나미."

　"응?"

　"내 이름. 여름 하(夏)에 아름다울 미(美)를 써서 나미."

　"오노데라 나미구나. 잘 부탁해."

　"오노데라 나미…… 오노데라 나미……."

　오노데라 나미. 그녀는 그 이름을 처음 듣는 것처럼, 몇 번이나 자기 입으로 우물거렸다.

　"정말로 성이 '오노데라'처럼 네 글자인 편이 입에 착 붙네……."

　"저, 저기?"

　"신경 쓰지 마. 그보다, 고마워."

　"응?"

　"책, 주워줘서."

　"아아."

　이치로는 주워서 모아둔 책들을 쳐다보았다.

　"이거 다 나미 책이야?"

　"응."

　"대단하네. 들어본 적도 없는 작가들뿐이야. 어, 에두……

할폰*?"

"아, 그 사람은 과테말라 작가. 오토 픽션이라고 해서 사소설 같은 장르를 쓰는데. 아, 특별히 좋아하는 건 아니고, 조금 관심이 있어서 읽어본 것뿐이라……. 그치만 작가의 경력이 복잡한 건 좀 감정이입할 수 있었으려나…… 아, 미안……."

자기도 모르게 말이 많아졌던 걸 깨닫고 나미는 입을 다물었다.

"아니, 대단해. 그렇게 잘 알고."

"잘 알진 않아. ……취미 같은 거, 별로 없어서. 독서 정도야. 이사를 자주 하기도 해서……."

"그랬구나."

"하지만 여기선 오래 살 생각이래. 그러니까, 잘 부탁해."

"나, 나야말로."

"그럼 이만……."

나미는 수많은 책을 몇 무더기로 나눠 집으로 옮기기 시작했다. 이치로는 도와줄까 생각도 해봤지만, 그건 너무 생색을 내는 것 같아 생각을 바꾸고, 집으로 돌아갔다.

이 이상은 안 된다. 평범한 게 제일이다.

1시간쯤 지나, 이치로의 어머니가 아르바이트에서 돌아왔다. 옆집에 이사를 왔다는 것은 지금 막 알았는지, 부인과는 아까 처음으로 대면했다고 한다.

아무래도 이상하다.

_____
*에두아르도 할폰. 과테말라 출신 작가. 어렸을 때부터 미국, 스페인, 프랑스, 독일 등 여러 나라를 전전했다. 과테말라 문학상을 비롯해 다수 수상.

2층 창문으로 살펴보니, 마침 이사 업자가 작업을 거의 다 마친 참이었다. 오노데라 일가 네 사람은 나란히 이사 업자에게 고개를 숙여 인사하고 새 집으로 들어갔다.

그 순간, 나미가 이쪽을 알아보았다.

수상하게 생각한 건 아닐까 당황했지만, 그녀는 고개를 꾸벅 숙여 인사해주었다. 이치로도 인사하고 방 안으로 물러났다.

옆집에 저렇게 예쁜 아이가 이사를 오다니, 가슴이 조금 두근거린다.

이랬는데 학교까지 같으면…… 아니, 아무리 그래도 그건 아니겠지.

이튿날, 아침 조회 시간——.

"오노데라 나미입니다. 잘 부탁합니다."

칠판 앞에서 나미가 조심스럽게 말했다. 오늘은 당연히 교복 차림이다.

교실의 학생들 중 하나인 다나카 이치로는 반신반의하며 눈을 깜빡거릴 뿐이었다. 그야 이 학교는 집에서 적당히 가까운, 중견 정도의 현립 고등학교이기는 하다. 하지만 그렇다고 하필이면 자기 반에 그녀가 전학을 올 줄은.

평범한 게 제일—— 그런 자신의 신조가 와르르 무너지는 기분이 들어 이치로는 안절부절못했다.

나미는 수수한 차림이었지만, 미모가 미모다 보니 학생

들도 흥미진진했다. 평소 같으면 여기저기서 오갔을 잡담이 오늘은 잠잠했다.

"그렇게 됐으니 다들 친하게 지내라. 오노데라, 뭔가 자기소개 할 거 있을까?"

담임이 말을 건넸다.

"아뇨…… 없습니다."

"그럼 질문을 받아볼까. 물어보고 싶은 거 있는 사람~?"

드문드문 대여섯 명 정도가 손을 들었다. 우선 한 여학생이 지명을 받아 질문했다.

"전에는 어디 살았어?"

"리베르다데, 페어뱅크스, 카불, 베이커즈필드……* 여기저기요."

썰렁…….

아는 지명이 하나도 없었다. 리액션이 애매해진 학생들은 입을 다물었다.

이어서 남학생의 질문.

"특기 같은 거 있나요~? 아니면 개인기나."

"딱히 없지만, 대부분의 화기는 다룰 수 있습니다."

"화가? 그림? 좋아해?"

"별로 좋아하진 않고…… 그냥 다룰 수 있을 뿐이에요. ……죄송합니다. 잊어주세요."

"으, 응……."

이번에도 뭐라 반응해야 좋을지 알 수 없어, 학생들 사

---

*각각 브라질, 알래스카, 아프가니스탄, 캘리포니아에 있는 도시명.

이에 미묘한 분위기가 흘렀다.

담임도 나미가 별로 사교적인 타입이 아니란 것을 알아차렸는지, 질문 시간을 빨리 끝내기로 했다.

"하, 하나만 더 받아볼까! 그럼, 어…… 거기."

지명받은 여학생이 질문했다.

"어~ 좋아하는 아티스트는 있나요~? 전 평소 YOASOBI나 아이묭 좋아하는데……."

"그러자 나미는 그 부분만 묘하게 자신만만하게, 살짝 상체를 젖히며 말했다.

"네. 이츠키 히로시와 SMAP입니다."

당연히 이츠키 히로시도 SMAP도 아는 학생은 거의 없었으나(담임 선생님은 SMAP을 모르는 학생이 대다수라는 점에 충격을 받았다), 다들 그녀 나름의 농담일 거라고 받아들였다.

이렇게 '자기소개에서 개그 치려다 실패한, 조금 이상한 전학생'이라는 해석으로 낙착을 본 오노데라 나미. 그래도 쉬는 시간에는 학생들이 앞을 다투어 말을 걸었다.

우선 여학생들의 주류 그룹부터.

좋아하는 음식이나 예전 학교의 동아리 활동 등 무난한 화제였지만, 나미는 전부 "별로" "잘 몰라"라고만 대답할 뿐이어서 조금도 대화가 무르익질 않았다.

다음으로 말을 건 것도 여학생들의, 약간 화려한 그룹이었다. 평소에는 어떤 가게에 가느냐, 인스타 계정을 가르쳐 달라. 이것도 "안 가" "안 해"라는 대답에 대화가 끊어져 버렸다.

남학생 중에선 날라리 그룹이 제일 먼저 돌격했다. 경박한 타입의 남학생 하나가 느닷없이 "남친 있어?"라고 물어봤다가 다른 학생들에게 두들겨 맞는 이벤트를 거쳐, 이것저것 가차 없는 질문이 날아들었다.

여기에도 나미는 "모르겠어" "무슨 말인지"라고 무뚝뚝한 태도를 보였다. 인사치레로 웃어주는 일조차 없었다.

그렇게 점심시간까지 다른 학생들과 미묘한 대화가 이어지고, 방과 후에는 나미 혼자 남아버렸다.

아싸 확정——.

그러나 나미는 자신이 고립되었다는 것을 신경도 쓰지 않는 듯, 냉큼 가방에 노트를 챙겨 넣고 돌아갈 채비를 시작했다.

"오노데라."

그때까지 멀찌감치 떨어져 지켜보기만 했던 이치로가 말을 걸었다. 이대로 잠자코 돌아가면 집 근처에서 만났을 때 어색할지도 모른다……고 생각했기 때문이다. 은근슬쩍, 너무 친한 척 굴지 않는 듯——.

"새 학교는 어때?"

"잘 모르겠어."

이치로에게도 대부분의 학생과 같은 반응을 보였으나,

그녀는 이렇게 덧붙였다.

"학교는, 거의 처음이라……."

"어? 그럼 이제까지는 어떻게 했어?"

"온라인이나, 가정교사. 좀, 복잡한 사정이 있어서……."

그렇게 말하던 나미는 가방을 들어 얼굴을 가렸다. 묘한 동작을 의아하게 생각하고 주위를 둘러보니, 교실 한구석에서 여학생 그룹 하나가 스마트폰을 들고 있었다. 뭔가 장난을 치며 동영상을 촬영하는 듯했다. 나미와 이치로도 그 프레임에 살짝 들어가 있었다.

촬영이 끝난 여학생이 스마트폰을 치우자 나미는 가방을 내렸다.

"카메라 싫어?"

"싫은 건 아니고……. 그냥, 인터넷에 얼굴이 나가거나 하면, 곤란한 일이 생길지도 모르니까……."

"아하."

그런 걸 싫다고 하는 거 아닌가? 좀 오버 같긴 하지만, 뭐, 신경 쓰는 사람은 신경 쓸 테니까.

"그럼 갈까."

"어?"

나미가 당연하다는 듯이 말하는 바람에 이치로는 자기도 모르게 되물었다.

"집. 갈 거잖아."

"아, 응. 근데…… 같이?"

그냥 옆집일 뿐인데. 사이좋게 나란히 돌아가다니, 그건 뭐랄까…….

튄다.

평범한 걸 제일로 생각하는 그에게는 느닷없이 난이도가 높은 행동이었다.

"옆집이니까, 같이 돌아가는 편이 안전하잖아?"

"어?"

"같이 가는 편이, 안전하다고."

뭐, 그야 그럴지도 모르지만. 그들이 사는 주택가의 치안 상태는 보통이다. 여학생이 혼자 돌아다닌다 해도 별로 걱정할 일은 없다.

"뭔가 볼일이 있다면, 나 혼자 가겠지만."

"어…… 아냐."

그는 말했다. 이제까지의 이치로였다면 "볼일이 좀 있어. 미안"이라고 했을 것이다.

하지만——

"볼일은…… 없어. 가……같이 갈까."

이치로는 더듬더듬 말했다.

스스로도 놀랐다. 평범한 게 제일인데. 그러나 나미가 고개를 갸웃하며 자신을 올려다보는 몸짓 앞에서는, 그런 신조 따위 어디론가 날아가 버렸다.

나미와 함께 귀가하는 것은 역시 약간 용기가 필요했다.

'미소녀 전학생'과 나란히 걷다니, 아무리 생각해도 자신의 캐릭터에게는 어울리지 않았다. 괜히 튀는 짓을 했다가 앞으로의 학교생활에서 귀찮은 일이 늘어나지 않는다면 좋을 텐데…… 이치로는 그렇게 걱정했지만, 기우였다. 아무리 예뻐도 나미는 수수하다. 멀리서 보면 별로 눈에 뜨이지 않는다. 학교를 나온 후로는 두 사람에게 주의를 기울이는 학생도 별로 없었다.

딱히 대화로 꽃을 피운 것도 아니지만, 큰 탈 없이 집에 돌아왔다. 그것만으로도 엄청나게 기력을 소모했다.

그렇다. 미인과 함께 걷는 것은 피곤하다. 이치로는 처음으로 그 사실을 알았다.

"고마워."

"그럼 이만……"

집 앞에서 나미와 작별 인사를 하고 있을 때, 나미의 어머니가 현관에서 나왔다.

"어머, 나미. 어서 오렴. 이치로 군도."

손에는 에코 백과 지갑. 근처의 마트에 쇼핑이라도 가려는 걸까? 이렇게 다시 보니 어머니도 정말 예쁜 사람이었다. 싸구려 트레이닝복 차림인데도 멋이 났다.

"이치로 군, 어머님께 들었니?"

"어…… 뭘요?"

"오늘 어머님이 아르바이트 때문에 늦으시잖아. 그래서 저녁은 우리 집에서 먹으면 어떻겠냐고."

"네, 네에……?"

스마트폰을 확인해보니, 이치로의 어머니에게서 문자가 와 있었다.

『엄마: 옆집 오노데라 씨네 부인하고 잠깐 요 앞에서 얘기하다 보니 잇짱한테 저녁을 대접해주시겠다고 그러시더라. 맘대로 결정해서 미안. 실수하지 마.』

'잇짱'은 이치로의 애칭이다. 이치로의 어머니는 좋은 의미에서도 나쁜 의미에서도 너글너글한 타입이라, 이제 막 이사를 온 오노데라 씨에게도 전혀 조심스러워하는 기색이 없었다. 참고로 이치로의 아버지는 야마나시에 단독부임 중이라 주말에만 집에 있다.

"죄송합니다. 어머니한테서 메시지 왔었네요. 어, 하지만, 으응?"

나미네 집의 식사에 초대를 받다니. 기쁘다는 생각이 들기 전에 정신적으로 피곤해졌다. 안 그래도 '미소녀 전학생'과 나란히 귀가하면서 1년 치 비일상을 다 맛본 기분이었는데.

"어떻게 할래? 갑작스럽기도 할 테니, 오늘은 힘들다고 하면, 우린 전혀 상관없지만."

나미네 어머니가 말했다. 정말로 어느 쪽이든 상관없다는 듯 편안한 어조였다. 이 사람에게는 어딘가 그런 싹싹함과 신비한 매력이 있었다.

"폐가 되지 않는다면…… 같이 먹을게요."

이번에도 이치로는 자기가 한 말에 조금 놀랐다. 평소의 그라면 "몸이 좀 안 좋아서…… 다음에는 꼭 찾아뵐게요" 같은 대답을 했을 것이다.

"응, OK! 그럼 6시쯤 와줘."

어머니는 그렇게 말하고 장을 보러 갔다. 스타일 발군인 뒷모습에 아줌마 샌들인 것이 어째서인지 인상에 남았다.

"그럼 이치로 군, 나중에 봐."

나미는 현관으로 들어갔다. 이치로가 저녁 식사에 동석한다는 데에 별다른 감상은 없는 모양이었다. 나미의 무덤덤함에는 슬슬 익숙해졌지만, 반응이 전혀 없다는 것도 어딘가 좀 허전했다.

이치로는 시키는 대로 저녁 6시에 오노데라 가를 방문했다.

초인종을 누르자 나미가 나와서 거실로 안내해주었다. 지금은 사복이라 진녹색 티셔츠에 핫팬츠 차림이었다.

이제까지 트레이닝복이나 교복 차림만 봐서 몰랐지만, 나미는 낮잡아 말해도 육감적인 몸매였다. 가슴은 사이즈가 작은 티셔츠에서 넘쳐날 것 같았고, 핫팬츠에서 뻗어나온 하얀 허벅지는—— 그야말로 팽팽해서 눈 둘 곳이 없었다. 하지만 나미 본인은 그런 방면의 매력에 자각이 없는 듯했다.

"? 왜 그래? 티셔츠에 구멍이라도 났어?"

이치로의 시선을 알아차린 나미가 자신의 가슴이며 겨드랑이를 살펴보았다.

"아, 아니. 그, 그냥 티셔츠가 멋있어서."

"멋있는지는 잘 모르겠지만, 튼튼해서 마음에 들어. 아빠랑 정글에서 살 때부터 입었어."

"엥? 정글……?"

"정글이라기 보단 플로리다 습지대. 거기 대충 앉아. 금방 되니까."

슬쩍 흘려 넘긴 나미는 주방으로 가버렸다. 어머니의 요리를 돕는 도중이었던 모양이다.

새로 산 듯한 소파에 앉았다. 옆에는 나미의 남동생이 앉아서 태블릿 PC로 무언가 게임을 하는 중이었다.

남동생의 이름은 야스토. 돌아오는 길에 나미에게 들었다.

"어, 야스토 군…… 맞지? 안녕."

"응."

그걸로 끝이었다.

어제 만났을 때에도 인사를 나눈 정도였지만, 오늘도 비슷한 분위기라 이치로는 거의 무시하고 있었다. 화가 나지 않았다면 거짓말이 되겠지만, 뭐, 그럴 나이일 거라고 스스로를 타일렀다.

할 일이 없었으므로 주방 쪽에 말을 걸어보았다.

"저, 저기…… 뭔가 거들 거 없나요?"

"아~ 괜찮아, 괜찮아. 고마워. 금방 다 돼."

어머니가 말했다.

"이치로 군은 못 먹는 거 있어? 사양하지 말고 얘기해줘."

"아, 별로요……. 웬만해선 괜찮아요."

"투쿠피는 괜찮아?"

"네?"

"투쿠피. 브라질의 향신료."

"브라질……요?"

"응. 베네수엘라 국경 언저리였지만, 옛날에 살았거든. 좋은 데였어. 그치, 나미?"

"한참 전에……. 자연이 풍부했어. 전기도 가스도 수도도 없었지만."

나미가 중얼거렸다.

"그래도 위성회선은 쓸 수 있었잖아?"

"그러다 근처의 드럭 업자한테 표적 됐었잖아. DEA*인지 뭔지랑 착각해서."

"아~ 그땐 힘들었지."

말투는 흔한 어머니와 딸의 대화였지만, 내용은 이치로가 전혀 이해할 수 없는 것이었다. '트럭 업자'? 'DEA'? 도로 공사나 뭐 그런 얘기인가?

은은히 피어나는 좋은 향기.

요리가 나왔다. 닭고기 스튜였다. 아니, 오리일지도 모른다. 신기한 노란색이었지만 독특하고 맛있을 것 같은 냄새가 났다.

---

*Drug Enforcement Administration. 미국 마약단속국.

"자, 다 됐다. 야스토, 아빠 불러와."

보아하니 나미네 아버지도 집에 있는 모양이다. 재택근무인가?

"응, 불렀어—."

야스토는 말하면서도 거실의 소파에서 움직이려 하지 않았다. 태블릿을 통해 아버지에게 문자를 보냈나 보다.

"또 게으름 피운다⋯⋯! 그리고 화면에서 떨어져! 눈 나빠지잖아."

"응."

어머니의 잔소리도 무시하고 무언가 게임을 그만 두려하지 않았다.

나미가 식기를 내주었다.

"고, 고마워."

"응."

나미도 식탁에 앉고, 겨우 게임을 멈춘 야스토도 다가왔다.

그때 마침 아버지가 거실로 들어왔다. 작업복 차림이었고, 여기저기 지저분했다. 이치로가 온 것은 알고 있었는지, 가볍게 인사를 하고 거실을 지나쳐 주방으로 들어갔다.

아버지와 어머니의 말소리가 들렸다.

"맛있겠군."

"그야 당연히. 으응⋯⋯ 아이참, 손도 지저분한데 그러지 마. 정말."

"손은 씻었다."

"바보."

마지막 부분은 섹시하게 소곤거리는 목소리였다. 여기서는 보이지 않지만, 그 뭐냐, 부부니까, 소위 말하는 스킨십 같은 걸 하고 있으려나.

하지만 이어지는 대화는 전혀 이해할 수 없었다.

"마당의 트랩은 거의 끝났다."

"또……? 여긴 일본이라고."

"만에 하나를 대비한 거다, 만에 하나. 그리고 논리썰이라 괜찮다."

"괜찮긴 뭐가 괜찮아. 그리고 준규 씨네 회사에 백업 부탁했으니까 걱정 안 해도 된다구."

"그건 그렇지만. 그 친구들은 아무래도 못미더워서."

냉장고에서 캔맥주와 보리차를 꺼낸 아버지가 식당으로 돌아왔다. 캔맥주는 어머니의 자리에 놓고 자신은 보리차를 잔에 따랐다. 아마 술을 못 마시나 보다.

"기다리게 해서 미안하다. 이치로 군은 뭘로 마실래?"

"어, 아…… 저는 보리차요."

"아아, 그러고 보니 고등학생은 맥주는 안 되지. 자꾸 잊어버리는군."

"당연하잖아."

나미가 끼어들었다.

"아빠네가 나미 만할 때는 좀 느슨했거든. 고등학교 선배네 하숙집에 갔다가 거기 사람들에게 속아서 술 먹었다는 얘기했던가?"

"몰라. 관심도 없어. 그리고 손님 있잖아. 이상한 얘기는 하지 마."

"그렇군……."

아버지는 어깨를 늘어뜨리며 보리차를 마셨다.

"자, 먹자! 하지만 그 전에——."

어머니도 식탁에 앉아 캔맥주를 푸슉 땄다. 그대로 잔에 따르지도 않고 단숨에 들이켰다.

"……꿀꺽, 푸하~! 맛있다! 역시 이 한 잔을 위해 살아가는 것 같다니깐!"

나머지 네 사람의 텐션에는 아랑곳하지 않고, 어머니는 시원하게 맥주를 마셨다.

"엄마, 하나만이야. 그 이상 마시면 의사 선생님한테 이를 거야."

야스토가 말했다.

"괜찮아, 괜찮아, 나도 알아. ……아. 미안해, 이치로 군. 괜찮으니까 먹어 먹어."

"어…… 네. 하지만 이 음식, 멋지네요. 사진 좀 찍어도 될까요?"

이치로는 스마트폰을 꺼내며 말했다. 나중에 이치로네 어머니에게도 보여줄 생각이었던 것이다.

"…………!"

다음 순간, 오노데라 가 전원이 스마트폰의 카메라로부

터 얼굴을 돌렸다. 부부도, 나미도, 야스토까지도 카메라
에 비치는 것을 두려워하듯 렌즈 앞에서 도망치려 했다.

"저……저기요?"

"아아, 요리를 찍는 거라면 상관없다. 얼른 찍도록."

고개를 돌린 채 나미의 아버지가 말했다.

"빨랑 찍어."

야스토가 테이블 밑에 숨어 말했다.

"아, 정말로 상관없단다? 다만 우리 가족은 좀…… 카메
라를 싫어하거든."

나미의 어머니도 주방 쪽으로 반쯤 피난한 채 말했다.

방과 후의 나미에 이어 이 꼬락서니다. '카메라를 싫어한
다'는 차원의 이야기가 아니었다. 지명수배범이나 뭐 그런
사람들 같았다.

이치로는 얼른 요리를 찍고 스마트폰을 집어넣었다.

"저기…… 찍었어요."

일가는 금세 아무 일도 없었다는 것처럼 행동했다.

"다행이군. 이상한 사진을 찍었다면 너를 죽였어야만
했다."

"네?"

"다, 당연히 농담이지. 진짜, 당신은……! 그렇게 무섭게
'죽인다'느니 하지 말라고……! 우하, 우하하하!"

어머니가 아버지의 어깨며 등을 필요 이상으로 세게, 그
러면서도 집요하게 쥐어박았다.

"당연히 농담이다. ……아프다. 하지만 스마트폰은 당장 파괴했어야만 했…… 아파. 여보, 아프다고."

"닥쳐. ……자자, 밥 식겠네. 먹자 먹자!"

각자 스튜를 앞접시에 덜었다. 정말로 나미네 어머니가 만든 음식은 일품이었다. 한 입 먹은 이치로는 눈을 크게 떴다.

"맛있다."

"그치? 카사바가 들어와서 향신료를 만들어놨거든. 본 고장 건 좀 더 알싸하게 맵지만."

"아뇨, 정말 맛있어요. 매일 이런 걸 드시다니 부럽네요."

"아니, 아무리 그래도 매일은 아냐."

"어제는 편의점 도시락이었고."

야스토가 말했다.

"아~ 그건 어쩔 수 없잖아? 부엌 짐을 다 정리하질 못했으니까."

어머니가 깔깔 웃었다. 다가가기 힘들 정도로 미인인데, 이야기를 나눠보면 싹싹한 아줌마 같은 사람이다. 아니, 뭐, 실제로 싹싹한 아줌마지만.

반면 아버지 쪽은 기본적으로 말주변이 없는 것 같았다. 대화에 끼어들려고는 하지만 영 녹아들질 못한다. 뭐, 고등학생의 아버지란 어느 집이나 그렇겠지.

한동안은 식사를 하며 무난한 대화를 이어나갔다. 거의 이치로네 집이나 이 도시에 대한 이야기였다. 이치로네 아버지가 단독 부임한 곳의 이야기라든가, 이 도시에 온 지는 몇 년이나 되었는지, 근처 신사에서 열리는 축제가 의외로 크다든지…… 등등.

접시 위의 스튜와 샐러드, 바게트가 거의 사라졌을 무렵, 이치로는 자리에서 일어났다.

"저…… 잠깐 화장실 좀 빌려도 될까요?"

"아, 거기 끝에서 왼쪽으로 가면 돼."

"고맙습니다."

"미안해, 좀 어질러놔서."

사실 화장실에는 볼일이 없었지만, 이치로는 조금 쉬고 싶었다.

이사 직후라 복도에는 아직 짐이 난잡하게 쌓여 있었다. 화장실은 금방 찾았다. 들어가서 자리에 앉아, 한숨을 쉬었다.

"휴우……."

이 화장실은 식당 바로 뒤쪽이었으며, 벽도 생각보다 얇은 듯했다. 그냥 있기만 해도 일가의 대화가 들려왔다.

『……역시 이사 다음 날에 느닷없이 식사에 초대한 건 이상하다고 생각하지 않을까?』

어머니가 말했다.

『이상하지 않다. 지역 주민과는 우호적인 관계를 맺어야 하니까. 그건 빠르면 빠를수록 좋지.』

아버지가 말했다.

『또 '지역 주민'이래. 여긴 일본이야. '이웃과의 교류'라고 하면 돼.』

『뭐면 어때.』

그러자 나미가 동의하는 목소리가 들렸다.

『친하게 지내는 건 찬성이야. 위급할 때 협조와 정보를 얻을 수 있으니까.』

나미가 말했다. 그러자 어머니가 한숨을 쉬었다.

『그런 얘기는 아빠하고 의견이 맞는다니깐, 나미는…….
역시 교육을 너무 맡겼던 것 같아.』

『아빠는 상관없어. 아무튼 지역 주민의 조력은 중요.』

『음. 중요하다.』

『이렇다니깐, 정말…….』

나미와 아버지는 말투가 거의 비슷했다. 부모와 자식이니 이상하지는 않겠지만, 그렇다 쳐도 '지역 주민'이라니. 아까까지 '옆집의 조금 신경 쓰이는 남자아이' 정도의 인식이 아닐까 기대했는데, '옆집의 지역 주민'이라니. 너무 무미건조하지 않은가.

『지역의 협조 얘기가 나와서 말인데.』

동생 야스토가 투덜거리듯 말했다.

『──왜 엄마 아빠 살던 동네로 안 갔어? 어, 센가와였던가?』

『센가와는 고등학교가 있었던 역이야. 살던 건 할아버지네 집인 케이오타마가와.』

『애초에 아빠는 그 근처에서는 1년도 안 살았다만…….』

어머니와 아버지가 각각 말했다.

『상관은 없지만. 그냥 그쪽이 편리했을 거 같아서.』

『뭐, 그 지역에는 여러 모로 폐를 끼쳤으니까, 아무리 그래도 거기서 사는 건…….』

『아는 사람이 너무 많다. 또 폐를 끼칠 수는 없다.』

『흐응.』

일가는 한동안 말이 없었다. 식기 소리만이 울렸다.

『그런데 누나. 그 다나카 이치로는 어때.』

갑자기 야스토가 물었다.

『이치로 군이라면 무해해.』

『아니, 그런 게 아니고. 남친이라든가, 그런 걸로 어떤 것 같냐고.』

잘 했어 동생! ──이라고 생각하며, 이치로는 화장실 벽에 바짝 달라붙었다.

『모르겠어. 어제 막 만났으니까.』

지당하신 말씀. 이치로는 혼자 어깨를 늘어뜨렸다. '지역 주민'에서 '무해한 지역 주민'으로 레벨 업(?)했을 뿐인가.

『재미없어라.』

『하지만 아빠는 응원하마. 이치로 군은 괜찮은 것 같다. 무해하고.』

『칭찬할 포인트가 거기야?』

야스토가 말했다.

『하지만 뭐랄까, 묘하게 이해심이 있네……. 그 또래 딸한테 남자애가 다가오면 경계하거나 반발하는 게 아빠 아냐?』

어머니가 투덜거린다.

『경계할 필요는 없다. 무해하니까. 게다가 딸의 행복을 바라는 것이 뭐가 이상하지?』

『아니, 드라마 같은 데서는 정석이잖아.』

『드라마라니, 멍청하군. 이건 현실이다.』

『……20년도 넘게 같이 지냈지만, 너한테 멍청하다는 소리 들으면 진짜 열 받거든?』

『자자, 싸우지 마. 밥 먹자. 기껏 넷이 한 식탁에 앉게 됐는데.』

야스토가 말했다.

『응, 그랬지. 그치만 야스토, 이건 싸움 아니니까 괜찮아.』

『그렇다. 통상영업이라는 거다.』

일가의 나직한 웃음소리가 식탁에 울려 퍼졌다.

『이제야 겨우…… 넷이서 살 수 있게 됐네.』

나미가 말했다.

『응. 이제야 겨우.』

야스토가 말했다.

이해가 가질 않았다. '이제야 겨우 넷이서'? 그럼 이제까지는 아니었다는 건가?

저 일가에게는 무슨 사정이 있었을까?

이치로는 갑자기 자신이 훼방꾼이 된 것처럼 느껴졌다.

저 가족에 대해선 잘 모르겠다.

잘 모르겠지만, 그들이 소중히 여기는 것은 이치로네 가족과 전혀 다르지 않다는 생각이 들었다.

『……그러고 보니 이치로 군이 늦네.』

『투쿠피가 속에 안 맞았던 건 아닐지.』

『나 가서 보고 올게.』

너무 오래 엿듣고 있었던 모양이었다. 이치로는 물을 내리고는 얼른 나왔다.

그 후, 일주일은 아무 일도 없이 지나갔다.

나미와는 등교 때 마주치면 함께 가기는 해도 그 이상은 딱히 친해질 만한 이벤트가 없었다. 미인과 걸으면 피곤하다는 것은 여전했지만 그 피로도가 100에서 60 정도로는 줄었다. 다시 말해 조금 익숙해졌다.

다른 가족도 저녁에 보이는 경우가 있는 정도였다. 이치로네 어머니는 조만간 답례로 저녁에 초대하겠다고 말했지만, 서로 일정이 맞지 않아 계속 미뤄지기만 했다.

학교에서 나미는 도서실에 자주 드나들게 되었다. 쉬는 시간에도 거의 책을 읽었으며 친구를 만들려고도 하지 않았다. 방과 후에도 곧바로 어딘가로 ——아마 도서실로—— 가버리니, 함께 돌아갈 기회도 줄었다.

그럼 혼자 돌아가면 될 텐데, 이치로는 그 날 방과 후 도서실로 향했다. '가끔은 책이라도 빌려볼까' 하고 자신에게

변명을 했지만 사실은 나미가 있지 않을까 기대했던 것이었다. 그녀를 만나서 어떻게 할지까지는 생각하지 않았다. 그 행동이 더 이상 '평범'하다고는 할 수 없다는 점에 대해서도.

도서실에 들어가자 나미는 금방 찾을 수 있었다.

창가 자리에서 무언가 책을 읽고 있다. 한순간 이치로를 알아차리고 시선을 돌렸지만, 슬쩍 목례만 하고 다시 독서로 돌아갔다.

서가에서 적당한 책을 꺼내 조금 떨어진 자리에 앉았다. 어떤 소설 시리즈의 제3권이었으므로 내용은 전혀 들어오지 않았지만, 아무튼 책을 읽는 시늉을 했다.

나미는 가끔 다리를 바꿔 꼴 뿐, 그 외에는 거의 몸을 움직이지 않았다. 손에 든 책에 몰두했다. 흘끔 본 타이틀은 『높은 성의 사나이』라는 것이었다.

30분 정도 지나, 나미가 한숨을 쉬고는 책을 덮었다. 그대로 책을 서가에 꽂고는 돌아갈 채비를 시작했다.

"그만 가게?"

자연스러운 태도로 묻자 나미는 고개를 꼬았다.

"모르겠어. 오늘은 도서실이 닫힐 때까지 있을까 했는데, 그 책, 나한테는 너무 어려운 것 같아서. 중간에 관뒀어."

"아, 그랬구나……"

몰두하는 것처럼 보였는데 아니었나. 뭐, 아무래도 상관없지만.

"그래서 오늘은 얼른 돌아갈지, 아니면…… 이 헌책방에 가볼지, 고민하던 중."

그녀는 스마트폰을 꺼내더니 맵 화면을 조작해 이치로에게 보여주었다. 장소는 오미야 시의 중심부에 있는 상점가였다. 초등학생 때는 부모님과 함께 자주 갔던 곳이다.

"이 근처의 치안은 어때?"

"치, 치안……?"

"치안이 별로 안 좋은 곳이라면 포기하겠지만. 인스타에서 서가를 봐서, 궁금해져서."

"아니, 치안은, 그, 괜찮지 않을까? 그렇다기보다, 평범해."

"그렇구나. 그럼 가볼까."

"만약 그…… 치안? 이 걱정된다면…… 그 뭐냐."

이치로는 가슴이 두근거리는 것을 느꼈다. 자신의 행동은 전혀 평범하지 않았다. 하지만 말하지 않을 수는 없었다. 무슨 말을 하려고 이러는 건지, 스스로도 알 수 없었다.

"가, 같이 가줄까? 둘이라면 안심되지 않을까, 하는데……."

"고마워. 그럼 부탁해."

주저주저하며 말했는데, 나미는 선뜻 승낙했다.

오미야 역은 그들이 다니는 고등학교의 가장 가까운 역에서 두 정거장이었으므로 금방 도착했다.

상점가——라고 하기에는 규모가 큰 번화가다. 이 근방에 온 것은 오랜만이었지만 이치로의 기억보다도 훨씬 복닥거렸다. 싸구려 선술집이며 노래방, 걸즈 바 같은 것들이 유독 많았다. 저녁 무렵이었으므로 슬슬 손님들의 발길이 늘어날 무렵이었다.

"어라? 옛날에는 좀 더 조용한 곳이었던 걸로 기억하는데…… 어쩐지, 미안해."

"왜 네가 사과해?"

"어? 아니, 왠지 그냥……."

"이런 곳은 처음. 흥미로워. 일본 고등학생들은 이런 곳에 자주 와?"

"아니, 글쎄. 노래방 같은 데는 아주 가끔 가지만."

"노래방. 가본 적 없어."

"외국 생활이 길었잖아? 그럼 무리도 아니지."

"외국에도 노래방은 있어. 쿠르……지인네 가족이 좋아했던 것 같고."

"그렇구나. 조만간 가보지 않을래? 반 애들도 불러서."

아무리 그래도 '지금 당장 둘이 가보자'라는 말은 나오지 않았다. 여자아이와 단 둘이 노래방이라니, 상상도 할 수 없었다.

그러자 나미가 고개를 갸웃했다.

"나는 부를 줄 아는 노래가 없어. 일본 가수 같은 거 하나도 몰라."

"어? 하지만 학교에서 자기소개할 때는……."

이츠키 히로시니 뭐니 말했던 것 같은데. 무슨 밴드인지는 모르지만.

"그건 아빠한테 배웠던 거. '좋아하는 가수를 물어보면 그렇게 대답하면 돼'라고. 곧이곧대로 듣지 말고 검색해볼 걸 그랬어."

나미는 그렇게 말하면서 별로 창피해하는 것 같지도 않았다.

"아아, 그랬구나."

"아빠는 늘 자신만만하지만, 가끔 엄청나게 틀린 걸 아무렇지도 않게 가르쳐줘. 그런 점은 AI 같은 사람."

자기 아버지한테 AI라고 하다니. 하지만 왠지 뉘앙스는 전해졌다. 그 사람은 어딘가 모르게 정확한 기계 같은 분위기가 있었다. 필요한 말만 한다거나, 미묘하게 분위기 파악을 못하는 점이라거나.

그의 딸인 나미도 그런 점은 쏙 빼닮았지만.

"찾았다. 여기야."

그 헌책방은 번화가 끄트머리의 다목적 빌딩에 있었다. 옛날부터 있던 헌책방이지만, 최근에 주인이 바뀌면서 리뉴얼했다고 한다. 차분한 조명과 인테리어로, 작은 카페 코너가 함께 붙어 있었다.

"멋져."

나미는 금세 열중해선 책을 물색하기 시작했다. 서가 끝에서 끝까지, 그야말로 눈을 사발만 하게 뜨고 책을 골랐다. 그 옆얼굴은 황홀해서 이치로의 존재 따위 잊어버린 것만 같았다.

이치로는 카페 코너에서 커피를 마시며, 그녀의 직성이 풀릴 때까지 기다리기로 했다.

그 결과, 2시간 반이나 기다리게 되었다.

"순식간이었어."

셔터가 반쯤 내려온 헌책방 앞에서, 나미는 황홀한 표정으로 말했다.

"정신 차리고 보니 폐점 시간. 하루 종일 있어도 싫증 나지 않아."

"그, 그렇구나……."

스마트폰을 만지작거리기를 2시간 반, 이제 이치로는 그 헌책방에 질릴 대로 질렸다. 몇 번인가 나미에게 조심스럽게 말을 걸기도 했는데 책에 흠뻑 빠져 무시당했던 것이다.

결국 그녀는 책을 열 권 정도 사기는 했지만, 책방 주인이 호의를 베풀어 택배로 받기로 했다고 한다. 지금은 마음에 든 책 한 권만을 들고 있다.

돌아오는 길의 번화가가 취객으로 붐볐다. 교복 차림의 고등학생이라곤 이치로와 나미 정도밖에 없었다. 길 한구석에 만취한 채 주저앉은 젊은이나, 공연히 큰 목소리로 다음 가게를 찾고 있는 샐러리맨 풍의 그룹. '치안은 보통'

이라고 했지만 이치로는 역시 마음이 불안해졌다.

"그러고 보니 가족들한테 연락은 했어? 벌써 8시가 지났는데."

"헌책방에 간다는 건 말했으니까 괜찮을 거야. 위치 데이터도 공유하고 있고, 게다가……."

나미는 발을 멈추고 번화가의 인파를 둘러보았다. 눈을 가늘게 뜨며 가볍게 고개를 끄덕인다.

"일은 하고 있는 것 같아."

"?"

"아무것도 아니야. 아무튼 지금 돌아간다는 건 전해둘게."

아마 어머니에게 보내는지, 스마트폰에 이제 귀가하겠다는 내용을 짧게 입력하고, 나미는 오늘 산 책을 가슴에 꼭 안았다.

"생각대로 멋진 가게였어. 이치로 군, 또 오자."

"에엑?"

이치로가 깜짝 놀라는 것을 보고 그녀는 의아한 표정을 지었다.

"재미없었어?"

"아니. 그, 그렇지는 않아. 재미있었어."

태도를 꾸몄지만, 나미도 그것이 거짓말임은 금방 알아차린 모양이었다.

"미안해. 지루했구나."

"아니……."

"나, 한번 열중하면 주위가 안 보이게 돼. 그래서 몇 번이나 실패했어."

나미는 어깨를 늘어뜨렸다. 하지만 두 시간도 넘게 방치당한 몸으로서는 뭐라고 말해줘야 할지 얼른 떠오르질 않았다.

그때 옆에서 누군가가 말을 걸었다.

"어, 이치로 아냐?"

그쪽을 보니 젊은 남자 서너 명이 있었다. 중학교 시절 축구부의 선배였다는 것을 알아차리기까지는 조금 시간이 걸렸다.

"이치로 맞네."

"뭐야? 걔 누군데?"

"제2중 때 축구부 후배. 완전 못해서 만년 보결이었어."

"하하, 너무 그러지 마라. 여친? 앞에서."

"뭐야, 이치로 주제에 여자 끼고 노냐?"

"자세히 보니 귀엽잖아."

자기 패거리들과 제멋대로 떠들기 시작한다.

이 선배는 연습도 늘 땡땡이를 치면서 시합에만 나가면 대활약을 하는 타입이었다. 신체능력이 일반인 수준이 아니었던 것이리라. 건방진 데다 곧잘 이치로를 쥐어박기는 했지만, 중학교를 졸업한 후로는 인연도 사라졌다. 그 후 고등학교를 중퇴하고 무언가 불법 일보 직전의 장사를 한다고 풍문으로 들은 적이 있다.

요컨대 될 수 있는 대로 가까이하고 싶지 않은, 그냥 지인이었다.

"야, 왜 생까고 앉았어."

"아…… 죄송해요, 선배. 오, 오랜만이네요."

"보결 이치로 군~ 여자 데리고 뭐 하고 있었냐?"

"이, 이러지 마세요, 하하."

"뭐 하고 있었냐고 물어보잖아."

농담처럼 말하며 선배가 가벼운 잽을 날렸다. 가슴에 맞았다. 조금 아팠다.

"아야. 뭐 좀 사고 돌아가는 중이에요. 얘는 옆집 아이고…… 아야. 여친 같은 건…… 진짜 아파요, 선배."

"너 지금 재수 없는 놈 만났다고 생각하지."

"안 그래요."

"아 솔직하게 말하라고. 빨랑 꺼지라고 생각했지?"

"아니…… 안 그랬어요. 아야. 제발, 그만 하세요."

입에서 술 냄새가 난다. 취한 건가. 아직 미성년자인데.

하지만 참고 있으면 곧 싫증이 나 다른 데로 가버릴 것이다. 그렇게 생각하고 애써 웃음을 꾸미고 있으려니, 이치로를 때리는 선배의 손을 옆에서 붙잡는 사람이 있었다.

다름 아닌, 나미였다.

"아?"

"하지 마. 기분 나빠."

"뭐?"

"친구 때리지 말라고 했어."

"허이구야?"

선배와 그 똘마니들이 일제히 떠들어댔다. 키가 185센티미터쯤 되는 거한의 손을, 안경 낀 여자아이가 잡고 있는 것이다. 신변의 위협 따위 느낄 리도 없다. 오히려 좋아할 뿐이었다.

"어이구 무서워라~. 무섭네 무서워. 우린 그냥 장난치는 거라고."

선배는 반대쪽 손으로 나미의 손등을 더듬어댔다.

"마지막 경고야. 그만해."

"안 그만하면, 어쩔 건데?"

"이렇게 해."

"오⋯⋯."

나미는 선배의 손목을 잡고 비틀었다. 남자의 몸이 마법처럼 푹 꺾이더니, 이어서 허공으로 떠올랐다가 한 바퀴 돌며 옆의 입간판에 나가떨어졌다.

"!"

갑작스러운 일에 그 자리의 모두가 넋을 잃었다. 패거리들도 가세할 생각을 하기는커녕, 눈앞에서 일어난 일이 믿어지지 않는다는 모습이었다.

하지만 이어진 나미의 행동은 더더욱 믿을 수 없는 것이었다.

그녀는 쓰러져 정신이 몽롱해진 선배에게 다가가더니,

교복 스커트 안쪽에서 새까맣게 번들거리는 나이프를 뽑아선 ——그렇다, 나이프였다—— 망설이는 기색도 없이 상대의 목덜미에 꽂았다.

"엑……."

"힉……."

피분수가 솟지는 않았다. 극소량의 핏방울이 흘러내렸을 뿐이다. 하지만 나이프는 단단히, 깊이 박혀 있었다.

"움직이지 마. 기도, 신경, 경동맥. 모조리 피해서 꽂았어. 단, 조금이라도 손에 힘이 들어간다면……."

"히익……!"

"알겠어? 자신의 핏속에 빠져 죽든지, 일생을 누운 채로 지내게 돼."

칼에 찔린 선배의 얼굴이 공포로 일그러졌다. 패거리들은 꼼짝도 못 했다.

이치로도 공황에 빠졌다. 뭐가 어떻게 된 건지 전혀 알 수 없었다. 바로 조금 전까지만 해도 전학생 미소녀와 데이트 상태로 걸어가고 있었을 텐데. 그 미소녀가 나이프로 사람을 찔러 죽이려 하고 있다. 게다가 왠지 손놀림이 익숙해……!

"그, 그마…… 살려……."

"너희는 그만 가 봐."

패거리들은 서로 얼굴을 마주 보았다. 어떻게 해야 좋을지 모르겠다는 분위기였다.

"못 들었어? 해산해."

나이프를 조금 움직였다. 선배는 뒤집힌 목소리로 비명을 질렀다.

"가……가라고! 시키는 대로…… 히, 히익."

남자들은 곤혹과 전율이 뒤섞인 표정으로 재빨리 그 자리를 떠나갔다. 나미는 방심하지 않은 채 그 모습을 지켜보고는, 잠시 후 나이프를 뽑으며 선배를 풀어주었다.

"힉…… 구, 구급차…… 구급차 불러줘어……."

선배는 벌렁 나자빠진 채 뒤로 물러나며 목의 상처를 손으로 눌렀다. 그러나 그의 목에는 상처 따위 없었다.

"구급차 불러줘…… 칼에 찔렸…… 어……?"

"가짜 나이프야."

나미가 나이프를 손끝으로 찌르며 이치로에게 보여주었다. 칼날이 늘어났다 줄었다 하고, 그때마다 빨간 가짜 피가 퓨욱 튀어나왔다. 만듦새는 정교했지만 장난감이었다.

"아무리 그래도 진짜 칼로, 안 죽이고 찌르는 건 어려우니까. 아빠가 하지 말랬어."

"에? 저기……?"

"그치만 무슨 일에나 처음은 있으니까, 좋은 기회 아닐까. 이대로 살려서 돌려보내면 화근이 될지도 모르고……."

나미는 냉혹하기 그지없는 시선으로 선배를 내려다보았다. 스커트 밑에서 나이프 한 자루를 더 꺼내선 눈앞에서 빛을 반사시켰다.

"이건 진짜야. 사슴이나 소라면 몇 번이나 찔러봤어. 명심해. 목숨이 아까우면 우리한테 두 번 다시 관여하지 마."

"으아……."

"맹세해."

"매, 맹세할게요."

나미는 무표정하게 고개를 끄덕였다.

"좋아. 그럼 이치로 군, 가자."

이치로는 그 자리에 뻣뻣이 선 채 입만 뻐끔거리고 있을 뿐이었다.

다음 날, 토요일. 이치로는 어디에도 나가지 않은 채, 하루 종일 집에서 보냈다.

날씨가 나빠 비가 내린 탓도 있다. 하지만 나미와 맞닥뜨리는 것을 피하고 싶다는 이유가 가장 컸다.

예의 그 사건이 있고 돌아오는 길에, 이치로는 나미와 거의 대화를 나누지 않았다. 그녀가 느닷없이 무시무시한 폭력을 휘둘렀던 데 당황했고, 그 원인이 애초에 자신을 구하기(?) 위해서였다는 사실도 잊어버렸다.

헤어질 때 나미는 "미안해. 나도 모르게 발끈해서"라고 말했지만, 이치로는 여기에도 아무 대답을 하지 못했다.

예를 들어 "놀랐지만 솔직히 후련했어" 같은 센스 있는 대사를 쳤으면 좋았겠지만, 그도 그럴 것이 이치로는 평범한 소년이다. 나미의 미모에는 마음이 끌려도, 그의 상식은 '그녀와 거리를 두어야 한다'고 온 힘을 다해 명령했다.

그리고 일요일.

오후가 되어, 친구에게 메시지가 왔다.

『그 동영상 너지? 완전 떴던데.』

『동영상이라니?』

『이거.』

전송된 링크의 동영상을 본 순간, 졸도할 뻔했다.

동영상은 그저께 나미와 선배의 사건을 찍은 것이었다.

그도 그럴 것이 주말의 번화가였다. 갤러리는 얼마든지 있었고, 그중 몇 명은 당연하다는 듯이 스마트폰을 꺼냈다.

동영상은 이치로가 뜬금없이 선배에게 쥐어박히는 장면에서 시작했다. 옆에서 나타난 나미가 이를 막고, 손을 비틀어 뒤집어버린다. 그리고 그녀가 나이프를 뽑아 상대의 목에 꽂는다(그렇게 보인다). 동영상은 거기서 끝났다. 그후 가짜 나이프였다는 것을 알게 되는 언저리는 모조리 컷.

제목은 『너무 예쁜 여고생의 깡패 응징(진짜로 응징)』.

카메라 성능이 좋은 스마트폰인지, 나미의 옆얼굴이 잘 찍혀 있었다. 스커트 아래에서 나이프를 뽑아드는 장면은 하얀 다리가 아슬아슬한 수준까지 드러났으며 그 컷이 썸네일로도 쓰였다.

재생 횟수는——.

『584,279』

이렇게 보고 있는 동안에도 숫자는 천 단위에서 쭉쭉 올라갔다.

"뭐야 이게…… 뭐냐고, 이게……."

코멘트를 보았다. 피해자(이치로)에 대한 언급은 거의 없었으며, 동영상이 가짜인지 진짜인지, 그리고 나미의 정체에 대한 억측이 화제의 대부분을 차지했다. 이름을 ○○으로 가리기는 했지만 어느 고등학교인지까지 밝혀져 있었다.

어쩌지.

아니, 어쩌기는 뭘.

그 나이프는 가짜였고, 선배는 살아 있다. 객관적으로 보면 시내에서 약간 다툼이 벌어진 것에 불과하지 않은가. 내버려 두면 언젠가 잠잠해질 것이다. 분명 그렇다. 틀림없이 그럴 것이다…….

그렇게 자신을 타일렀지만, 가슴은 좀처럼 진정이 되질 않았다. 슬쩍 눈을 돌려 동영상을 다시 보니 조회수는 65만을 넘었다.

"아아……."

이치로는 현관으로 가고 있었다. 만나는 것이 민망하다느니, 그딴 소리를 하고 있을 때가 아니었다. 아무튼 나미에게 알려야 한다.

옆집 오노데라 가의 현관 앞에서 초인종을 누르자, 나온 것은 나미의 아버지였다.

"이치로 군, 무슨 일인가?"

"아, 아버님. 나미한테 할 말이 있는데요…….."

"나미!"

아버지가 식당 쪽을 향해 말을 걸자 나미가 대답하는 기척이 났다.

"지금 가족회의 중이어서 말이다. 조금 문제가 일어나서, 대응을 검토하던 중이었다."

"그거, 혹시 나미가 찍힌 동영상 때문인가요?"

"그렇다."

"알고 계셨군요. 하지만 그건 쇼킹한 부분만 잘라서 올려놓은 거였어요. 나미가 썼던 나이프는 가짜고…….."

"물론 알고 있다. 우리 딸에게 경동맥이니 신경을 피해 찌르는 스킬은 없으니까."

"그, 그런 문제가 아니고요…….."

"그 인원을 상대로 너를 완벽히 지켜낼 자신은 없었겠지. 이치로 군, 부디 딸을 용서해주기 바란다."

더더욱 핀트가 안 맞는 소리를 해댄다. 이 아버지도 역시 어딘가 이상하다.

"이치로 군."

나미가 나왔다. 나미의 어머니와 야스토도 식당 입구에서 이쪽을 보고 있었다.

"아아. 도, 동영상에 대해 알려주려고 왔는데…….. 이미 알고 있었나 보네. 하하…….. 어쩐다."

이치로는 농담처럼 말하려다 실패했다.

"고마워. 동생이 아침에 알아냈어."

"내가 아니고 알이."

야스토가 끼어든다.

"알?"

"몰라도 된다. 그보다…… 나미. 이치로 군과 작별 인사는 하지 않아도 괜찮나?"

"네……?"

"미안해, 이치로 군. 나미, 엄마가 설명할까?"

나미의 어머니가 묻는다.

"아니. 내가 말할게……."

나미가 한 걸음 앞으로 나왔다.

"이치로 군. 지금 가족끼리 이야기해서, **또** 이사하자는 결론이 나왔어. 우리 집은 사정이 있어서, 얼굴이 많이 알려지면…… 위험이 생길지도 모르거든."

"어, 아니…… 위험이라니. 선배네 말하는 거야? 그야 인상은 험악하지만, 막 따라다니고 그럴 정도는……."

"그놈들 아니야. 더 나쁜 놈들."

"? 그게, 무슨……."

마침 그때, 집 앞에 경트럭 한 대가 멈춰 섰다. 어디서나 볼 수 있는 택배업체의 차였다. 운전석에서 내린 택배업자가 짐 상자와 배송 전표를 들고 현관 앞까지 들어왔다.

"안녕하세요~ 토마토 택배입니다~."

이치로가 업자에게 길을 비켜주었다.

업자가 그의 옆을 지나치며, 상자에서 총을 꺼냈다.

서브머신건이던가 하는 총이다. 한때 푹 빠졌던 FPS에서 자주 썼다.

서브머신건……!

왜 그런 걸 가지고 있는지 이치로는 감도 잡히지 않았다.

그러나 업자가 총을 겨눈 것과 거의 동시에, 나미의 아버지가 그 총구를 누르며 반대쪽 손으로 상대의 턱을 위로 잡아 젖혔다.

"…………!"

택배업자의 몸이 허공에서 반회전해 뒷머리를 땅바닥에 부딪쳤다. 둔탁한 소리가 나고 '택배업자'는 그대로 움직이지 않게 되었다. 눈에도 비치지 않을 정도로 빠른 솜씨였다.

나미의 아버지는 호흡 하나 흐트러뜨리지 않고 현관을 통해 밖을 살폈다.

"엑…… 저기…….."

이치로는 눈앞에서 일어난 일을 이해할 수 없었다. 토마토 택배의 기사가 와서, 나미의 아버지에게 얻어맞고 쓰러졌다. 그 업자의 손에는 어째서인지 서브머신건.

"생각보다 빨리 왔어……."

나미가 말했다.

"괜찮아? 죽이진 않았지?"

어머니가 말했다.

"그래."

아버지가 태연히 말했다.

"역시 무기가 필요하다. 옷장에 있으니 가져와라."

○ ○ ○

그 전투는 편한 부류에 속하는 것이었다.

적의 수는 아마도 8명. 하지만 급하게 모은 용병이었는지, 연계가 전혀 이루어지지 않았다. 처음의 '택배업자'가 그 증거였다. 겨우 한 사람을 사전에 돌입시켜서 뭘 어쩌려던 건지.

그걸로 자신을 ——사가라 소스케를—— 제거할 수 있으리라고 생각했던 걸까.

쓰러뜨린 사내는 아직 젊었으니, 근거 없는 자신감으로 자기 혼자서도 할 수 있으리라 생각했는지도 모르지만……이걸 교훈 삼아 용병은 그만두고 평범한 생활을 해주었으면 좋겠다. 새 출발은 빠를수록 좋을 테니까.

적에게서 빼앗은 서브머신건은 평범한 할로포인트 탄이 장전된 것이었으며, 위협 삼아 전부 갈겨버렸다.

맞으면 위험하니까.

당황해 물러난 정면의 적은 지금 막 작동시킨 함정에 걸렸다. 구멍 자체는 별로 깊지 않지만 함정 밑바닥에 설치해둔 순간접착액 캡슐이 즉시 반응해서 남자들의 발을 단단히 붙잡았다.

고등학교 시절부터 20년 이상, 비치사성 트랩에 대해 하염없이 고민을 거듭해왔다. 이제 소스케는 세계에서도 톱 클래스에 드는 비치사성 트랩 기술자였다(그런 트랩에 수요가 있을지 어떨지는 차치하고).

딸 나미가 가져온 카빈을 받아, 초탄을 장전하고, 세미 오토로 쏜다. 새로 개발된 전기 스턴 탄이다. 함정에 빠진 적의 엉덩이며 팔에 명중. 적은 몸을 벌렁 젖히며 경련하더니 털썩털썩 쓰러졌다.

"나미. 엄마하고 야스토를 부탁한다. 부엌에 있어라."

주방의 식기 선반이며 싱크대는 방탄 사양이다. 무슨 일이 있을 때 피난할 수 있는 장소였다.

"알았어. 산탄총, 써도 돼?"

"탄은 스턴으로."

"응."

"아, 그리고 이치로 군도 부탁한다."

불쌍하게도 갑작스러운 충격전에 완전히 혼란에 빠져, 눈물을 줄줄 흘리며 얼굴을 일그러뜨린 다나카 이치로를 나미에게 넘겼다.

"이치로 군, 우리하고 있어."

"……이젠 싫어. 집에 갈래, 집에 가게 해줘……!"

"미안해, 이치로 군. 돌아가는 건 조금만 기다려주렴……."

이치로를 달래는 것은 아내에게 맡기자. 자신은 얼른 안전을 확보해야만 한다.

마당의 와이어 트랩에 걸린 적을 전기 스턴 탄으로 침묵시켰다. 이것으로 4명을 쓰러뜨렸다.

　"4명 남았어, 아빠. 정면에 둘, 뒤에 하나, 대각선 맞은편 옥상에 하나."

　주방에서 야스토가 알려주었다. 드론을 띄워 집 주위를 탐색한 것이다. 솔직히 큰 도움이 되었다. 효자를 둔 아버지는 매우 기뻤다.

　현관에서 가져온 모자를 시험 삼아 슬쩍 내밀어보자 바람을 가르는 소리와 함께 구멍이 뚫렸다. 대각선 맞은편 옥상에서 사격한 것이다.

　조금 귀찮게 됐다. 저격수 대책이라면 연막탄이 있지만──.

　"으음⋯⋯."

　연막탄이라. 이웃에 폐가 될 테니 가급적 쓰고 싶지 않군. ⋯⋯그렇게 망설이고 있을 때, 야스토가 말했다.

　"옥상의 적은 무력화했어!"

　야스토의 드론에는 테이저가 달려 있다. 그것을 썼으리라.

　아버지도 조금 애를 먹을 저격수를 빠르게 재워버리는 이 솜씨. 훌륭하다.

　"잘했다 야스토. 나중에 패미치키 사주마."

　"아자."

　앞으로 셋. 이젠 포기하고 철수해주지 않으려나. 어차피 별로 많지도 않은 돈으로 고용됐을 뿐일 텐데⋯⋯.

"뭐, 그렇게 되진 않겠지······."

집 뒤쪽에 있던 한 명이 침입한 모양이었다. 복도에서 식당으로 이동한다. 트랩을 경계하는 모양이지만, 실내에는 트랩을 설치하지 않았다. 아내가 야단치기 때문이다.

투쾅, 하는 육중한 산탄총의 총성.

나미의 산탄총이다.

"하나 정리했어."

나미가 주방에서 말했다. 후방에서 접근한 적의 허를 찔러 능숙하게 제거한 모양이다. 고무 스턴 탄이므로 잘못 맞으면 중상을 입겠지만, 뭐, 이럴 때는 어쩔 수 없지.

"잘 했다. 그대로 거점을 지켜라."

나미 덕분에 전방위로 신경을 쓰지 않아도 된다. 게다가 순식간에 적을 하나 정리해주었다. 효녀를 둔 아버지는 정말 기뻤다.

"그러면······."

이제는 슬슬 정면의 적을 정리해야겠다고 결심했다.

평소의 방식대로 할까.

소스케는 수류탄의 안전핀을 뽑지 않고 던진 다음, 조금 늦게 자신도 적에게 육박했다.

걸려들까?

"그레네이드! 그레네이드!"

걸렸다. 편해지겠다.

한 명이 소리를 지르며 엄폐물을 찾아 도망치고, 또 한

명은 주워서 다시 던지려 한다.

우선 도망친 한 명의 엉덩이를 쏘았다. 보디아머를 입은 상대는 엉덩이를 노리는 것이 제일 좋다. 전기 스턴 탄을 맞은 사내는 고통에 몸부림치다 기절했다.

나머지 하나—— 수류탄을 주워 던지려던 적은, 그것이 안전핀이 제거되지 않은 수류탄임을 그제야 깨달은 듯했다.

지근거리까지 육박한 소스케에게 총을 겨누었지만 이미 늦었다. 소스케는 상대의 총을 밟으며 묵직한 무릎차기를 꽂아주었다. 복면 차림의 상대는 견디지 못하고 총을 놓치며 쓰러졌다.

"⋯⋯⋯⋯큭!"

그 마지막 적은 꿋꿋하게 권총을 뽑으려 했지만, 소스케는 그것도 차서 날려버렸다. 그래도 부츠에 숨겨둔 나이프를 뽑았다. 차서 날려버렸다. 그리고 또 한 자루의 나이프를——.

"작작 좀 해."

총의 개머리판을 꽂아주자, 적은 나이프를 떨어뜨리며 나자빠졌다.

"큭⋯⋯."

여자 목소리였다. 복면 대신 쓴 발라클라바를 벗겼다. 나이는 20대 중반쯤일까. 흑발의 쇼트 보브 헤어였다.

"고용주는? 네파리어스 사냐, 스카일러 사냐?"

여자는 반응이 없었다.

"그럼 헬리오테크로군."

여자의 눈썹이 꿈틀 움직였다. 맞나보다. 뭐, 고용주가 어디인지 알 바 아니지만.

그 후로 20여 년이 지났다. 아내와 아내의 '동료'들이 가진 조직을 노리는 세력은 토막토막 쪼개 약체화시켰다. 하지만 그래도 아직까지 이렇게 공격해오는 자들이 나타난다. 아내의 신병을 구속하면 역사를 움직이는 것도, 거대한 부를 얻는 것도 마음대로—— 멍청한 소리지만 완전히 틀린 말도 아니라는 것이 성가신 점이다.

여자가 유들유들한 표정을 유지하고 있었으므로, 상황을 이해시켜주기 위해 말했다.

"근처에 대기 중인 별동대가 오기를 기다리고 있겠지? 아마 소용없을 거다."

"?"

소스케는 스마트폰으로 부하에게 연락해 스피커폰으로 전환했다. 정확하게는 자신의 부하라기보다 아내의 부하지만.

『중사님. 무사하십니까?』

"중사 소린 관둬. 그쪽은?"

『정리했습니다. 4명 모두 생포했습니다. 지금 그쪽으로 가겠습니다.』

스마트폰을 껐다.

"그렇게 된 거다. 원군은 오지 않는다."

"……죽여라."

여자의 말에 소스케는 어이없다는 표정을 지었다.

"멋있는 소리라도 한다고 생각하나? 일부러 스턴 탄을 쓰는 우리의 고생도 모르고."

"당신은 전설적인 용병일 텐데. 그런데도 이렇게 봐주는 짓을 하다니…… 왜지?"

"살인은 애들 교육에 안 좋다."

전기 스턴 탄을 한 발 날렸다. 여자는 벌렁 나자빠지며 기절했다.

……아니 그보다 '전설적인 용병'이라니, 뭔데 그게. 언제부터인지 소문에 살이 덕지덕지 붙은 채 젊은 세대들에게 퍼져, 그런 이야기가 돌고 있는 모양이다. 전성기에는 단독으로 합계 30기 이상의 적을 물리치기도 했으니, 전설적이라고 하면 전설적일지도 모른다. 하지만 솔직히 말해, 진지한 표정으로 그런 소리를 하고 있으면 엄청나게 창피하다.

뭐 됐고. 아무튼.

"정리됐다. 야스토, 주변 경계를 부탁한다. 여보는 나와 이사 준비. 나미는 이치로 군을 바래다주도록."

"알았어."

"응."

나미와 야스토가 대답했다.

"뭐야, 무슨 명령을 하고 있어. 군대도 아닌데."

아내—— 사가라 카나메가 현관에서 나오며 언짢은 목소리로 말했다.

"카나메. 애들은 괜찮나?"

"기운이 넘칠 정도야. ……하아. 여기 생활도 일주일을 못 가네."

"미안하다."

"당신 탓이 아니잖아. 운이 없었을 뿐인걸. 나미를 나무라지는 마."

"그래……."

카나메의 어깨를 안으며 관자놀이께에 가볍게 키스를 했다. 20년을 함께 해온 아내는 기분 좋다는 듯 눈을 감았다.

이제까지 많은 일이 있었다.

그들은 남의 눈을 피하기 위해 주로 해외의 벽지에서 사는 일이 많았다. 어쩔 수 없는 사정으로 뿔뿔이 헤어져 살았던 적도 많았다. 하지만 이번에, 경사롭게 넷이 함께 생활할 가망이 생겼으므로 과감하게 일본의 평범한 주택가에 살아봤던 것인데——.

총구멍이 뻥뻥 뚫린 집을 돌아보며 소스케는 한숨을 쉬었다.

"끔찍한 몰골이군……. 이번 집은 꽤 마음에 들었는데."

"어쩔 수 없어. 기운 내서 이사 가자! 그럼 다음은 어디로 할까?"

"집은 수도권에 아직 두세 채 더 있었지. 칸사이에도."

"홋카이도에도 큐슈에도 오키나와에도 있어."

카나메의 힘과 '동료'들의 진력 덕분에, 그들 부부에게는 풍부한 자금이 있었다. 그녀는 몇몇 기업을 소유하고, 세계 곳곳에 자산을 보유했다. 그중 하나인 『양 & 헌터』라는 경비회사가 사가라 부부의 호위도 담당하고 있다.

마음만 먹으면 무장한 호위병에게 에워싸인 채 호화 저택에서 사는 것도 가능하다. 하지만 가족 중 누구도 그런 생활을 바라지 않았다. 그래서 이렇게 일본의 교외에 있는 주택가에서 살아봤던 것인데── 겨우 일주일 만에 이 꼴이 되었다.

검은색 밴이 집 앞으로 다가왔다. 하얀 글씨로 『헌터 청소』라고 적혀 있다. 작업복을 입은 네 명 정도의 남자들이 우르르 내려와, 소스케와 카나메에게 인사했다.

"주위에 다른 위협은 없는 것 같습니다. 죄송합니다…… 그, 중사님까지 싸우게 만들어서. 적이 이렇게 빨리 올 줄은 몰랐습니다."

리더 격인 사내가 말했다. 근육질에 우락부락한 타입이지만 아직 젊었다.

"어쩔 수 없어. 이제 막 이사해서 아직 태세가 갖춰지지 않았던 거잖아?"

"황송합니다, 마담."

"뒤처리는 맡겨도 될까?"

"예. 슬슬 경찰 무선과 전화의 방해를 해제하겠습니다.

철수를 서둘러 주십시오. 그리고…… 중사님. 적의 포로는 평소처럼 대응하면 되겠습니까?"

소스케에게 묻는다.

"그래. 신원을 확실히 조사하고 풀어주도록. ……그리고 중사 소린 관두라고 했잖아."

"하지만 사장님께서 그렇게 부르라고……."

"사장은 양이지만 오너는 카나메다. 그리고 나는 그녀의 남편이다."

"남편일 뿐 넌 그냥 무소속. 테디 군에게 명령할 권리는 없잖아?"

"…………."

카나메에게 변호를 받으며 '테디 군'이라 불린 우락부락한 용병은 안도한 표정을 지었다.

"……아무튼 뒷일을 맡기겠다."

소스케는 카빈을 테디에게 떠넘기고는 집으로 들어갔다. 지역 경찰이 오기 전에 철수해야만 한다.

현관에서 나미와 타나카 이치로와 마주쳤다.

"괜찮나?"

"나? 아니면 이치로 군?"

"너는 괜찮은 것 같군."

나미는 말짱했다. 걱정은 필요 없을 것 같았다. 초췌해진 이치로를 부축하고 있었다.

"철수다. 서둘러."

"알아."

나미는 조금 아쉬워하는 듯했다. 일본에 와서 처음 생긴 친구였으니 무리도 아니다. 어째서인지 소스케는 고등학교 시절 친구인 카자마 신지를 떠올렸다. 인터넷에서는 가끔 대화를 나누지만 벌써 10년 이상 만나지 못했다. 잘 지내면 좋을 텐데.

"자, 이치로 군. 집까지 가자."

"으, 응……."

비틀거리며 이치로는 나미를 따랐다.

○ ○ ○

자택 현관에 도착하자마자 이치로는 디딤판 위에 주저앉았다.

부모님은 아침부터 치치부로 하이킹을 갔으므로 아무도 없다. 지금 막 일어났던 이런저런 일들이 거짓말인 것처럼 자택은 조용했다.

"짧은 기간이었지만 즐거웠어. 이제 작별이야."

나미가 말했다. 억양 없는 목소리였지만, 평소보다도 더 감정이 결핍된 목소리처럼 느껴졌다. 평소보다도, 훨씬.

"자, 잠깐만."

"왜?"

"작별이면, 저기…… 이걸로 끝이야? 다른 데로 가버리는 거야?"

"그래."

이치로는 모순된 감정이 자신의 마음속에서 맞부딪치는 것을 느꼈다.

지금 당장 나미가 이 현관에서 나가주었으면 하는 마음과, 나미와 함께 어디론가 떠나버리고 싶은 마음. 이제까지와 같은 평범한 하루하루로 돌아가고 싶다는 선망과 모든 것을 내팽개쳐버리고 싶다는 충동.

"나, 나도……."

나도 데리고 가줘── 그런 말이 나올 뻔했지만, 의미 없는 일이라고 생각해 관두었다.

왜냐하면 자신은 그저 옆집 사람일 뿐이니까.

"……아냐. 잘 있어, 오노데라."

"사가라."

"어?"

"진짜 이름은 사가라 나미. 잘 있어."

나미는 처음으로 미소를 짓고, 이치로의 앞에서 떠나갔다.

일주일도 가지 않아 평소와 같은 일상이 돌아왔다.

경찰이 오기는 했지만, 어째서인지 매스컴은 오지 않았다. 다나카 가의 옆집, '오노데라' 가는 해체업자가 찾아와 철거하고 있다. 담에는 아직 총구멍이 남았지만, 그 소동의 흔적은 그 정도뿐이었다.

나미와 그 이상한 가족은 흔적도 없이 사라져버렸다. 그래도 뭐, 어디선가 건강하게 잘 지내고 있겠지.

이치로는 평소처럼 학교에 다니고 있다. 나미의 이야기도 소문이 나기는 했지만, 그것도 겨우 며칠이었다. 어느 학생이나 나미에 대해서는 거의 몰랐으므로 무리도 아니다.

이렇게 다나카 이치로는 평범한 다나카 이치로로 돌아왔지만, 약간―― 아주 약간, 이제까지와 달라진 것이 생겼다.

어느 날, 나미가 읽던 작가의 책을 읽어봤더니 의외로 재미있었던 것이다. 그것이 계기가 되어, 나미와 갔던 그 헌책방에 드나들게 되었다. 이러저러하다가 주인과도 친해져, 이따금 점원 아르바이트도 하고 있다.

그것뿐이다. 그것뿐이었지만, 그에게는 큰 변화였다.

그리고 몇 달 후.

그 헌책방에서 아르바이트를 하던 중, 인터넷 통판 주문이 들어왔다. 주문한 사람의 이름은 '미키하라 나미'였다.

이치로는 키득 웃고는, 주문된 책의 발송을 준비했다.

풀 메탈 패닉!

FULLMETAL PANIC!

Family

제2화 도쿄 도 코토 구의 타워 아파트 39층

"중사님. 벌꿀 레몬 파르페와 캐러멜 팬케이크, 그리고……
핫 밀크를 부탁드립니다."

패밀리 레스토랑의 메뉴를 손에 들고, 테디가 송구스럽
다는 듯이 말했다. 근골 우락부락한 용병이다. 지금은 검
은색 정장에 선글라스를 낀 '그쪽' 방면 사람 같은 차림으
로, 몇 없는 손님들에게 마구 위압감을 주고 있다.

반면 사가라 소스케는 매장 제복과 나비넥타이를 필요
이상으로 단정하게 차려입고, 등을 쭉 편 채 단말을 조작
했다.

"알겠습니다. 복창하겠습니다. 벌꿀 레몬 파르페와 **몽실
몽실** 캐러멜 팬케이크, **달콤~한** 핫 밀크 맞으십니까?"

"어—…… 그렇습니다. '몽실몽실'이랑 '달콤~한'은 뭐, 상
관없지만…… 아뇨, 중요하지요. 중요. 몽실몽실. 몽실몽실."

웨이터 소스케가 째릿 노려보는 바람에 테디는 정정했다.

이곳은 일본 전국 어디에나 있을 것 같은 패밀리 레스토
랑이다. 지금은 심야 3시가 지난 시각. 요즘은 이런 시간
까지 심야 영업을 하는 곳도 드물지 않다.

소스케는 물수건과 물을 가져와 테디 앞에 무뚝뚝하게
내밀었다. 웨이터라기보다는 형무소의 간수 같은 손놀림

이었다.

"고, 고맙습니다."

"…………."

이곳은 계산대에 가까운 카운터 자리로, 매장 안을 빠짐없이 둘러볼 수 있는 위치였다. 손이 빈 웨이터가 자연스럽게 대기하는 장소이므로 소스케도 그곳에 뻣뻣이 서 있었다.

"저, 중사님."

"중사 소린 관둬. 지금은 점원이다."

"아~ 그럼 점원님. 역시 밖에서 대기하고 있을까요?"

테디가 조심스레 물었으나, 소스케는 고개를 가로저었다. 소스케의 '호위병'인 이 남자는 몸집이 커서 눈에 뜨인다. 밖에 세워놓은 차도 시커먼 벤츠라, 만약 적이 온다면 제일 먼저 습격해달라고 말하는 것이나 마찬가지였다. 그렇다면 자신의 눈에 뜨이는 장소에 앉혀놓는 편이 좋다. 여차할 때 지키기도 쉽다.

"됐으니 거기 앉아있도록."

"하지만……. 여기서는 중사── 점원님을 지킬 수가 없습니다."

"호위 따위 필요 없다고 했을 텐데. 아내가 꼭 필요하다고 하니 네가 따라다니는 걸 참고 있을 뿐이다."

"중사── 점원님의 능력을 의심하는 것은 아닙니다. 그저 만에 하나를 대비하는 겁니다. 그리고 업무에 집중하고 싶지 않으십니까?"

"물론이다. 네가 밖에서 얼쩡거리면 집중할 수 없다. 그러니 거기 앉아있도록."

"하아⋯⋯."

이 패밀리 레스토랑에서 일한 지 아직 일주일밖에 안 됐다.

얼마 전, 이곳 토요스에 새로운 주거를 얻으면서 직장으로 선택한 것이 근처의 이 패밀리 레스토랑이었다. 아내와 산책하던 중 매장 앞에 붙어 있던 구인 광고를 발견한 것이다. 일본에서 평화로운 생활을 시작하면서, 업무도 일본다운 것으로 하고 싶다는 생각은 있었다. 오미야 시로 이사했을 때는 바빠서 직장을 구할 틈도 없었지만, 이번에는 다르다. 아내도 약간 애매한 표정을 짓기는 했지만 찬성해 주었다.

"하지만 왜 패밀리 레스토랑 웨이터입니까? 마음만 먹으면 다른 일도 있으셨을 텐데요."

"다른 일. 예를 들면? 말해보도록."

"네? 예를 들면⋯⋯ 비정규전 교관이라든가, AS 전투교관이라든가. 다들 앞을 다퉈 모셔가려 할 겁니다. 연봉 20만 달러는 거뜬하죠."

실제로 그런 권유는 많았다. 어떤 PMC(민간군사회사)에서 연봉 30만 달러로 스카우트를 제안한 적도 있다. 소스케의 원래 경력이라면 50만 달러도 이상하지 않겠지만, 거의 모든 전투가 기록에 남아 있지 않으므로 시세를 따지면 이렇게 된다(참고로 옛날 상관이 하는 PMC는 여러모로 신세를 지고 있으므로, 가끔 공짜로 단기 교관 일을 맡아준다).

"개런티는 좋지만 일이 바쁘다. 게다가 나도 슬슬 노땅이니까. 그 외에는?"

"병기 회사의 테스터라든가 어드바이저라든가. 연줄도 있지 않습니까? 투손 인스트루먼트 사나, 브릴리언트 세이프테크 사라든가."

지오트론 사, EHI 사 같은 대기업은 그렇다 쳐도, 중소기업이라면 소스케도 얼마든지 연줄이 있었다. 소스케는 전문 엔지니어는 아니지만 공학적인 지식도 나름 갖추었다. 병기를 개발하고 시험할 거라면, 실전을 잘 알고 견식도 갖춘 소스케 같은 인재는 목구멍에서 손이 나올 정도로 탐이 날 것이다.

"그건 가끔 하고 있지만, 벌써 싫증 났다. 게다가 최신 병기는 젊은 녀석들에게 맡기는 게 나아. 그 외에는?"

"그 외에는…… 맞아, 저희의 지휘관은 어떻습니까. 다들 기뻐할 겁니다. 어떤 작전이라도 해내고 말겠습니다."

테디는 『양 & 헌터 경비회사』라는 PMC 소속이다(사가라 가문의 경비도 맡고 있다). 여러 가지 일이 있어 맡았던 회사인데, 아내 카나메가 사들여 경영을 재건했다. 소스케는 몇 번 인스트럭터로 이 경비회사에 초빙을 받았지만, 굳이 따지자면 아내를 대신할 감사역 같은 입장이었다. 테디를 비롯한 직원들이 '경비원'으로서 적합한 능력을 가졌는지 어떤지 확인한 것이다.

소스케가 내린 평가는 '보통'이었다. 그들은 초(超) 보통. 과거 소스케가 있던 조직의 PRT(초기대응반)에는 못 미치지만, 뭐, 월급 받은 만큼은 한다. 단점은 없다. 그리고 사기가 높은 편인 점은 호감이 갔다.

그들이 소스케가 지휘관이 되어주기를 바란다는 것은 알지만, 소스케는 내키지 않았다.

"높이 평가해주는 것은 고맙다만 그런 건 이제 싫다. 병기라든가 작전이라든가 보안이라든가. 나는 좀 더——."

삐로삐로링~. 삐로삐로링~.

손님이 테이블 위의 호출 버튼을 누른 모양이었다. 소스케는 이야기를 중단하고 쟁반을 한손에 든 채 대응하러 갔다. 일을 마친 택시 운전수로 보이는 그 손님은 블렌드 커피 리필을 요청했다.

"블렌드 커피 리필, 확인했습니다……!"

또박또박 대답하자마자 돌아와, 주방 입구의 커피 서버를 가져온다. 세심한 주의를 기울이며 리필을 마치고, 진지한 목소리로,

"또 필요하신 것은 없으십니까?"

그렇게 묻자, 손님은 어딘가 불편한 표정으로 무뚝뚝하게 고개를 가로저었다. 지난 일주일 동안 몇 번이나 보았던 손님의 태도였다. 자신이 진지하게 응대하면 할수록 손님은 불안한 기색으로 "빨랑 가버려"라고 말하는 듯한 표

정을 짓는 것이다.

　커피 서버를 들고 돌아가자, 테디가 주문했던 메뉴를 키친 스태프가 내놓고 있었다. 팬케이크와 파르페. 핫 밀크는 소스케가 만든다(전자레인지에 데우기만 하면 된다).

　이런 심야에 단것만 먹다니. 조만간 병에 걸릴 거다……라고 설교하고 싶은 것을 꾹 참고, 테디에게 팬케이크며 파르페 같은 것들을 가져갔다. 또박또박 메뉴를 복창하고, 다시 간수 같은 손놀림으로 내주었다.

　"중ㅅ……점원님. 시시한 질문입니다만, 서비스업의 경험은 있으십니까?"

　"약간은. 그 표정은 뭐냐? 의심하고 있군?"

　테디의 애매한 표정을 보며 소스케가 말했다.

　"아뇨. 그 뭐냐…… 조금 더 애교 있게 행동하시는 편이 좋을 것 같습니다. 손놀림도 정중하게……."

　"정중하지 않나. 애교 있는 행동도 하고 있다."

　"아―, 뭐…… 그게 애교 있다고 생각하시는군요. 그럼 됐습니다."

　테디는 파르페와 팬케이크를 스마트폰으로 찍고는 입맛을 다셨다. 이 거한이 먹으니, 분명 L사이즈일 파르페가 조그맣게 보인다.

　"그래서…… 아까 하던 이야기 말입니다만. 다시 말해 군사 관련 일은 맡고 싶지 않으시다는 겁니까?"

　"……뭐, 그렇다. 어차피 세상에 하등 도움이 안 되는 일이다. 야쿠자나 마찬가지지. 잘 알지 않나."

"저는 야쿠자가 아닙니다."

"아니, 마찬가지다. 노자였던가 누구였던가…… '병자불
상지기(兵者不祥之器)'라는 말도 있지. 네가 엉덩이의 홀스터에
차고 있는 건 뭐냐?"

"글록 19입니다만."

"이름은 뭐든 됐어. 아무튼 총이다. 총은 불길한 것. 가
지고 다니지 않는 편이 나은 거다."

"하지만 이게 없으면 여차할 때 중사님을 지킬 수 없습
니다."

"'여차할 때' 따위가 왔다는 그 자체가 글러 먹은 거다.
싸움을 피하기 위한 전략에서 졌다는 뜻 아닌가. 너 같은
거한의 호위도, 당연히 총도 필요 없는, 패밀리 레스토랑
의 점원으로 충분한 생활…… 그게 내 목표다."

"네에……."

"그건 그렇고 글록 19라. 좀 보여다오."

"네? 아―, 네……."

잠깐 망설인 후, 주위의 시선이 없는 것을 확인한 테디
는 홀스터에서 총을 뽑았다. 습관적으로 슬라이드를 젖혀
초탄을 빼려다가 관두었다. 상대가 소스케이므로 폭발시
킬 걱정은 없다고 생각했으리라.

"초탄 들어있습니다. 여기요."

소스케는 그 까만 총을 받아들었지만 초탄은 확인하지

않았다. 딱히 쏘려는 것도 아니기 때문이다. 자세를 잡았을 때의 밸런스를 확인하고, 탄창을 뽑고 탄을 뺀 다음 다시 한 번 똑같이 자세를 잡아보기도 했다. 글록 같은 폴리머 프레임(강화 플라스틱제) 권총은 가벼우므로 탄환을 소비하면 밸런스가 상당히 달라진다. 소스케는 그 정도를 확인했던 것이다.

"왼손으로도 쏠 수 있게 됐군. 노즈도 말끔하고…… 나쁘지 않아. 트리거가 약간 개성적이지만, 그건 마찬가지인가."

"그렇습니까……? 저는 이 모델밖에 몰라서."

"흠. 쏴보지 않으면 모르는 건가. 이건…… 제5세대로군."

총의 각인을 본 소스케가 말했다.

"이게 최신형이죠."

"요즘은 글록 가진 녀석이 정말 늘어났어……. 옛날에는 나 정도밖에 안 썼는데……."

"그랬습니까? 역시 **중사님**은 선견지명이 있으십니다."

"아니, 전혀 그런 게 아니었다. 어쩌다 입수했고, 딱히 불만도 없어서 그냥 썼을 뿐."

옛날에 있던 부대의 동료들은 스테인리스 권총만 썼다. 아직 폴리머 프레임 총에 거부감이 남아있던 세대였는지도 모른다. 그러나 소스케보다도 아래 세대 친구들은 폴리머 프레임 총을 당연하게 생각한다. 그 중에서도 글록 19가 법집행기관이나 특수부대에서 큰 인기를 끌게 된 것은 소스케가 보기에 참으로 기묘한 느낌이었다.

"중사님의 글록은 아직 있습니까? 옛날 모델도 보고 싶습니다."

어느 샌가 호칭이 '중사님'으로 돌아왔지만, 이제는 귀찮았으므로 아무 말도 하지 않았다.

"아무리 그래도 이제는 없겠지. 핵공격 현장에 방치해뒀으니."

"해, 핵공격……?"

"신경 쓰지 마라. 옛날 일이다."

그때의 글록 19── 미끈한 제2세대 모델을 그립게 떠올렸다. 고등학교 잠입 때 자주 썼던 총이다.

"저기~ 실례합니다. 계산 좀……."

손님으로 왔던 중년 여성이 계산대 옆에서 말을 걸었다.

"예. 대단히 실례했습니다."

소스케는 글록을 테디에게 넘겨주고 손님을 응대했다. 전자화폐로 계산을 처리하는 동안, 그 손님의 시선은 탄창에 9mm AP탄을 다시 집어넣는 테디의 모습에 못 박혀 있었다. 표정도 상체도 엄청나게 뻣뻣했다.

이런. 심야 영업이라 할 일이 없었다고는 하지만 홀 스태프가 매장 내에서 실총을 만지작거리는 것은 적절치 못했다(일본의 국내법에 대해서는 거의 잊고 있었다).

"협조에 감사드립니다. 다시 방문하시기를 고대하고 있──."

소스케는 그렇게 말했지만, 그 손님은 두 번 다시 여기

오지 않을 것 같았다. 지불을 마치자마자 도망치듯 매장을 나가버렸기 때문이다.

"봐라, 저 손님의 겁먹은 모습을. 역시 총은 불상지기다."

"그야 겁나겠죠. 보여주지 않으면 그만 아닙니까."

"그건 그렇다만…… 아무튼 군사 관련 일은 하고 싶지 않다. 너도 조만간 이해하게 될 거다. 특히 애가 생기면."

그렇게 말하면서도, 소스케는 자신의 그 말이 약간 켕겼다. 딸 나미를 떠올렸던 것이다. 그녀가 태어났을 때, 딸에게는 총이나 무기 따위 들려주지 않겠다고 결심했을 텐데. 변경 생활을 하며 필요한 엽총이니 나이프 같은 것을 비롯해, 어느샌가 산탄총과 카빈까지 쓰게 하고 말았다.

"애라니, 전 아직 상상도 못 하겠습니다. 여친도 없고……."

테디가 투덜거렸다. 이 테디── 본명은 시어도어 러스벨트*라고 하는 농담 같은 이름을 가진 이 남자는, 18세 때 미 해병대에 입대한 이래 10년 이상 군사 업계에서 일하고 있다고 한다. 다른 세상 따위 상상도 못 하겠다는 것도 무리는 아니었다.

테디는 호위반 본부에 『이상 무』라고 정시 연락을 보냈다. 무전기가 아니라 스마트폰으로 문자를 보내서. 그편이 기록도 남고 확실하다는 것은 알지만, 불안하지 않나?

"? 왜 그러십니까?"

"아니다……."

젊은이들의 새로운 관습에 트집을 잡기도 뭣했으므로,

---

*'테디 베어'의 유래가 된 미 대통령 시어도어 루스벨트와 거의 비슷한 이름이다.

소스케는 잠자코 있었다.

그렇다고는 하지만, 뭐라고 해야 하나.

정시 연락을 보낸 것과 같은 스마트폰으로 파르페며 핫
밀크의 사진을 찍는 건 좀 그렇지 않나? 게다가 그걸 SNS
에 올리고. 동료가 『좋아요』까지 눌러주고. 사진의 위치정
보 같은 메타 데이터는 정말로 안전할까?

그런 소스케의 의구심 따위 아랑곳 않고, 테디는 남은
파르페를 다 먹었다. 소스케는 다시 손님에게 호출을 받아
커피를 리필해주고 메뉴 추가 주문을 받았다.

그리고 바깥 하늘이 부옇게 밝아올 무렵——

소스케는 매장 입구에서 얼쩡거리는 한 사내가 있는 것
을 알아차렸다.

나이는 20세 전후일까. 몇 번이나 왔다 갔다 하고, 심지
어 안절부절 못하는 기색이었다. 시선도 이리저리 흔들렸
으며, 술병 정도 사이즈의 종이봉투를 들고 있었다.

테디는 알아차리지 못한 채 스마트폰으로 무언가를 입
력하고 있었다. ……이 자식은 정말.

"러스트벨트."

"네? ……아."

그도 겨우 알아차린 듯했다.

"0427시, 라쿤 1. 매장 앞에 수상한 자 1명……."

그래도 이런 보고는 구두로 하는 모양이었다. 동시에 예
의 글록이 든 힙 홀스터에 손을 뻗고 있었다.

"아직 뽑지 마라."

"하지만……."

"뽑지 마라."

사내는 무언가 결심을 했는지, 얼굴 아래쪽 절반을 가리는 마스크를 착용하더니 입구를 통해 매장으로 성큼 들어왔다. 계산대를 향해 똑바로 다가와, 종이봉투에서 무언가를 꺼내 소스케에게 겨누었다.

총——처럼 보이지만 에어건이었다. 심지어 글록 19 에어건이다.

"야……얌전히, 도, 돈 내놔."

사내는 떨리는 목소리로 말했다. 무슨 사정이 있는지는 모르겠지만, 강도인 모양이다. 소스케는 테디와 얼굴을 마주 보았다.

"뽑지 않았어도 됐지?"

"네, 그야 뭐……."

"내, 내 말 안 들려?! 돈 내놓으라고 했잖아!"

"시끄럽다. 다른 손님에게 폐가 된다."

그렇지만 새벽인 이 시간에 손님은 세 명 정도밖에 없었다. 그 셋도 꾸벅꾸벅 졸거나 스마트폰 동영상을 보는 데 열중해서 강도가 온 것조차 알아차리지 못했다.

"돈 내놓으면…… 폐, 폐는 끼치지 않겠어. 계산대에 있는 돈! 빨리 내놔!"

"심야 영업 시간의 계산대다. 2만 엔도 안 돼."

"됐으니까 내놔!"

"요즘은 전자화폐로 결제하는 손님도 많다. 계산대보다 내 지갑에 돈이 더 많을지도 모른다."

사내는 에어건을 소스케에게 들이댔다.

"돈 안 내놓으면, 주, 죽인다!"

"그 장난감으로?"

"장난감 아니야. 이건, 고고고, 골록이라고 하는 권총이다……!"

""글록.""

소스케와 테디가 동시에 정정해주었다.

"아~ 강도 초짜 상대라니 진짜 뭐냐 이게……. 중사님. 해치워도 되겠습니까?"

"관둬라."

"네? 하지만——."

"그렇게 금방 폭력에 호소하려 들지. 그러니까 너도 야쿠자 소릴 듣는 거다. 여긴 내게 맡겨라."

"알겠습니다요……."

한숨을 쉬며 테디는 다시 카운터 자리에 앉고, 스마트폰에 무언가를 입력했다. 아마 『이상 무』라든가 그런 연락이겠지.

"빠, 빨리 돈——."

"네게 줄 돈은 없다."

"이, 이 총이 안 보여?"

"관둬. 그딴 건."

소스케는 전혀 힘도 안 들이고 에어건을 빼앗아버렸다.

"어? 에엑?"

"애초에 이딴 싸구려로 강도질은 집어치워라. 한눈에 티나니까. 2980엔이지? 옛날에 아들에게 사주려 한 적이 있어서 기억한다. 뭐, 안 사줬지만. 어째서인지 아들은 총에 전혀 관심이 없더군."

마치 마법처럼 손에서 에어건이 사라져버려, 사내는 그저 아연실색했다.

"으으……."

"네가 저지른 짓은 잊어주마. 냉큼 돌아가서 자라. 일어나면 과일을 먹어라. 그리고 가벼운 조깅을 해라. 그다음에 목욕을 하고 직업을 찾아라."

"하, 하지만……."

"다시 한번 말하겠다. 돌아가서 자라."

소스케는 에어건을 상대에게 들이밀었다. 사내는 뒤로 돌아 매장을 나갔다.

그 후 소스케는 아침 6시까지 패밀리 레스토랑에서 일하고 귀가했다.

귀가라 해도 걸어서 3분도 걸리지 않는 거리다. 이번 집은 완간 지구의 타워 아파트였다. 지상 40층 건물의 39층에 살기 시작한 지는 열흘 정도 되었다.

바다도 보이고 경치는 좋아도 소스케는 지난번의 '오노 데라 가' 쪽이 더 좋았다. 아내 카나메도 딸 나미도 같은 의견이었지만 아들 야스토는 타워 아파트 쪽이 취향인 모 양이었다. 벌레가 오지 않는 게 최고라나.

39층에서 테디와 헤어졌다. 그들 호위반의 대기소는 40 층의 바로 위 호실이고, 소스케 가족도 표면상으로는 40 층에 사는 것으로 되어 있다. 만약 적이 습격하더라도 소 스케 가족은 아래층에서 잠시 시간을 벌 수 있는 셈이다.

문패에는 『다나카』라고 적혀 있지만 아무 문패나 사와 붙 여놨을 뿐이었다. 이번에는 '카자마'라는 가명을 쓰고 있다. 카자마 소스케. 카자마 카나메. 고등학교 시절 친구 이름 시리즈도 슬슬 떨어져간다. 차라리 히라가나 순서대로 적 당히 고르는 게 낫지 않을까. 소스케는 그렇게 생각했다.

집에 들어왔지만 아직 커튼은 닫혀 있었다. 가족들은 자 고 있을 것이다.

──아니, 나미는 일어나 있었다. 소스케의 등 뒤, 현관 바로 옆의 신발방에서 나이프를 한 손에 들고 부스스 나왔 다. 탱크톱에 핫팬츠 바람. 졸린 듯했다.

"아빠, 다녀오셨어요……."

"나미. 또 거기서 잔거냐."

신발방이라고는 해도, 가족의 신발이 별로 없다 보니 반 이상은 비었다. 나미는 그 빈 공간에 침구를 가져다 놓은 모양이었다. 마치 잠수함의 침대처럼 좁을 텐데, 본인은 오히려 잠이 잘 온다나. '적이 쳐들어오면 뒤를 잡을 수 있어'라고도 했다. 하기야 경계를 안 했다고는 해도 아빠의 뒤를 잡았으니, 저 신발방은 좋은 포지션이다.

"더 잘래……."

"그래. 하지만 금방 깨울 거다."

나미가 신발방으로 돌아갔다. 자기 방 침대에서 잘 마음은 없나보다.

어두컴컴한 복도를 나아가 주방으로 향했다. 도중에 야스토의 방을 슬쩍 보니, 이쪽은 아빠가 온 줄도 모른 채 침대에서 반쯤 빠져나와 천장으로 두 발을 내민, 형언하기 힘든 모습으로 기분 좋게 자고 있었다.

짐을 거실에 놓고 자기 침실 쪽을 살폈다. 소리를 내지 않도록 주의하며 문을 열자 킹사이즈 베드에서 카나메가 자고 있다. 헐렁한 티셔츠 한 벌만 입은 모습이다. 다가가서 머리를 쓰다듬어주거나 이것저것 하고 싶었지만, 관두었다. 앞으로 30분은 더 잘 수 있는데 깨우는 것도 불쌍하다.

주방으로 가서 아침 식사 준비를 했다. 달걀 프라이와 시리얼, 토스트를 인원수대로.

그리고 거실의 커튼을 젖혔다. 눈부신 햇살. 아침의 도쿄만. 저 멀리 컨테이너선이 보인다. 좋은 경치다. 무엇보다도 이 방을 저격할 만한 장소가 존재하지 않는 점이 좋았다. 외부에서 이곳을 노리려면 전투 헬리콥터가 필요할 것이다. 그리고 만에 하나를 대비해 클로젯에는 스팅어(휴

대식 대공 미사일)를 숨겨놓았다. 완벽하다.

7시가 되었으므로 가족들을 하나하나 깨웠다. 우선 야스토. 다음은 나미. 두 사람 모두 투덜거렸지만 상관없다. 엉덩이를 때리다시피 해 세수를 시켰다. 그다음이 카나메다. 이번에는 당당히 침실에 들어가, 커튼을 젖히고, 아내의 옆에 앉았다.

"7시다. 우리 집의 지휘관님도 일어나실 시간이지."

"차라리 죽여줘……."

카나메는 퀭한 목소리로 말하고는 그의 목에 팔을 감았다. 소스케는 그대로 그녀의 상체를 일으켜주었다.

"자, 힘내."

"우웅……. 패밀리 레스토랑은 어땠어?"

"전부 이상 무다."

"진짜~? 손님한테 나이프 들이대거나 하진 않았겠지?"

"러스트벨트에게 물어봐라."

"나중에."

카나메가 소스케를 끌어당겨 가볍게 키스를 했다. 한 번으로는 부족했는지 두 번, 세 번 반복하는 사이에 가벼운 키스가 점점 진해졌지만── 침실 문을 열어놓고 있었고, 야스토가 하품과 함께 가로지르는 거실을 가로지르는 것이 보이기도 했으므로 그 이상 분위기를 낼 수는 없었다.

"이것도, 나중에."

작은 목소리로 말한 카나메는 키득 웃었다. 자다 깨 흐트러진 머리와 헐렁한 티셔츠에서 엿보이는 하얀 어깨. 오히려 더 계속하고 싶어졌지만 그럴 수도 없다.

"아침 다 됐다."

"응."

카나메는 침실에 딸린 세면장으로 향했다. 그렇다. 욕실이 딸린 침실인 것이다. 뉴욕에 보유한 집도 모든 침실에 욕실이 붙어 있었지만, 일본에서는 보기 드문 구조다.

소스케는 식당으로 가 커피를 끓였다. 나미는 이미 아침을 먹고 있었지만 야스토는 거실 소파에서 다시 잠들려했다.

"야스토. ……야스토!"

야스토가 움찔하며 일어났다.

"자, 힘내. 우유 마셔라, 우유."

"우—……."

기다시피 식당에 와선 간신히 우유를 마신다.

"너 또 밤샘했구나? 제대로 자야 한다."

"잤어……."

"몇 시에."

"22시."

"호오."

소스케는 스마트폰을 조작해 가정용 라우터의 로그를 보았다.

"24시에도 통신량이 엄청나군."

"누, 누나가 동영상이라도 봤던 거 아냐?"

"내 핑계 대지 마. 그리고 동영상 볼 시간이 있으면 책을 볼 거야."

나미가 즉시 반박했다.

"그럼 엄마겠네. 일하는 거 같았으니까."

"난 메일 정도밖에 안 썼어. ……좋은 아침."

뒤늦게 식당으로 나온 카나메가 말했다.

"야스토. 몰래 태블릿 만졌지? 이젠 잘 때는 압수다."

"싫어!"

"어째서냐. 잘 거면 필요 없을 터다."

"그건…… 아무튼 싫어."

카나메는 일부러 대화에는 끼지 않고 소스케가 끓여놓은 커피를 홀짝였다. 야스토의 지나친 태블릿 PC 사용량을 걱정하는 것은 오히려 카나메 쪽이었지만, 여기서 말다툼에 끼는 것은 좋지 않다고 생각했으리라.

"게임인가?"

"게임 아니야. 아니 게임이지만. 친구랑 이상한 슈팅 만드느라……."

친구란 것이 누구인지는 모른다. 야스토는 친구가 전 세계 여기저기에 있으니, 소스케도 요즘은 교우관계를 파악하지 못했다. 옛날 파트너가 인터넷에서 챙겨주고 있으니 이상한 녀석과 사귀거나 하지는 않겠지만.

"야스토…… 네 수면 부족이 걱정이다. 푹 자는 건 아이들의 임무다."

"6시간은 잤어."

"최소 8시간은 자야 한다. 잘 자는 아이가 잘 자란다고 하잖냐."

야스토는 초등학교 4학년인데, 평균보다도 키가 상당히 작다. 성장이 늦는 것뿐일 수도 있고, 딱히 키가 작아도 실생활에서 곤란하지는 않겠지만, 남자 부모로서는 자꾸만 걱정이 들었다.

"뭐 어때. 안 자라면."

그렇게 대꾸하는 야스토의 목소리에는 약간 비굴함의 뉘앙스가 섞여 있었다.

"키 이야기가 아니다. 머리의 성장도…… 아니, 너는 아빠 같은 사람보다 훨씬 똑똑하다만, 정신적인 건강에는 악영향을 미칠 수도 있다. 그리고——."

"이제 그만 해도 되잖아. 그보다 아침밥 아침밥."

카나메가 말했다.

"——그렇군. 자, 토스트는 잼하고 꿀하고 어느 쪽이 좋으냐."

"……꿀."

소스케는 토스트에 꿀을 발라주었다. 패밀리 레스토랑에서 일할 때보다도 훨씬 정중하고 마음이 담긴 손놀림이었다.

아침 식사를 마친 나미와 야스토는 몸단장을 하고 각자 학교로 갔다.

야스토는 지역 공립 초등학교, 나미는 도심의 사립 고등학교다. 현재까지 문제는 일으키지 않고 있다지만, 특별히 친한 친구도 없다고 한다.

아이들에게는 테디의 부하가 비밀리에 호위로 따라다니고 있다. 만약 무슨 일이 생기더라도 시간 정도는 끌 수 있을 것이다. 그 외에도 만에 하나를 대비해 이것저것 수를 써놓기는 했으므로 걱정은 없었다.

"그러면."

드디어 카나메와 둘만 있을 수 있다.

그녀는 거의 재택근무이므로 어딘가에 나갈 필요는 없다. 메일과 화상회의로 부하에게 지시를 내리는 일이 대부분이다.

넓은 주방에서 아침을 먹고 난 식기를 설거지하는 그녀에게 몰래 다가가, 허리를 끌어안았다.

"아이참. 아침부터, 몰라……."

"아침밖에 타이밍이 맞지 않는다."

"그건 그렇지만…… 야스토의 늦게 자는 버릇 어떻게 좀 해야겠어."

"알고 있었으면 재워줘."

"몇 번 주의를 주기는 했어. 하지만 정말 중요한 일 같아서."

"게임이?"

"게임 제작이야. 그 아이가 만드는 게임, 묘하게 인기가 있거든. 팔로워 수가 5천까지 갔다고 은근히 자랑하더라고."

『볼박스』인지 『크스래치』인지* 하는, 웹브라우저에서 돌아가는 플랫폼이 있다고 한다. 의외로 본격적인 코딩도 할 수 있고 라이브러리도 충실해 상당히 디테일한 게임을 쉽게 배포할 수 있다. 야스토는 여기에 푹 빠진 것이었다.

"5천. 그건 대단한 건가?"

"상당히. 이제 겨우 초4인걸?"

"……야스토가 똑똑하다는 건 나도 알아. 널 닮은 거겠지. 하지만 잠을 안 자는 건……."

카나메가 쓴웃음을 지으며 고개를 갸웃했다. 어딘가 동의하지 않는 분위기였다.

"그 웃음은 뭐지."

"그치만. 야스토의 오타쿠 같은 면은 누군가를 쏙 닮았는걸."

"그런가? 난……."

뭐, 정말 그럴지도 모른다. 카나메에게는 몇 번이나 지적받았지만 소스케는 원래 오타쿠 같은 면이 있다고 한다. 총기나 장비, 전술에 몰입하는 모습이 게임 같은 데에 빠져드는 모습과 거의 비슷하다는 것이다. 그런 의미에서는 야스토는 자신을 닮았을지도 모른다.

"난 원래는 평범한 성적이었는걸. 애들 기본 머리가 좋

*로블록스와 스크래치.

은 건 당신한테서 물려받은 거야."

"……그건 과대평가라고 생각한다만."

소스케는 정말로 그렇게 생각했다. 자신의 머리는 평범하다. 반면 카나메는 '능력'을 빼고 이야기하더라도 똑똑하다. 처음 만났을 때부터 그렇게 느꼈다. 아니었다면 북한의 산속에서 기사회생의 한 수를 떠올리거나 하지는 못했을 테니까.

"뭐, 그런 건 아무래도 상관없잖아. 아무튼 야스토는 나한테 맡겨둬."

"그렇군. 그럼 맡기지."

소스케는 선선히 말했다. 그녀가 그렇게 말한다면, 맡겨놓으면 되는 것이다.

"좋아. 그럼 난 설거지를 마저 할게."

카나메는 막 일어났을 때와 같은 헐렁한 티셔츠 차림이었다. 조금 땀 냄새가 나지만 오히려 그것이 기분 좋다. 목덜미에 얼굴을 묻고 깊이 숨을 들이마시자 그녀는 간지럽다는 듯 웃었다.

"아이참. 우리 중사님은 정말 어리광쟁이네."

"그래. 어리광쟁이다. 설거지 같은 건 내버려 둬."

"안 된다니깐…… 으응……."

티셔츠 안으로 손을 넣어 옆구리를 부드럽게 쓰다듬는다. 지난 한 달 동안 약간 살집이 좋아진 것 같았다. 몇 달 전에는 너무 말라서 걱정했을 정도였으니, 좋은 일이다.

"저기, 하다못해 샤워라도 하게 해줘……."

"같이 할까?"

"싫어~ 창피한걸."

"몇 번이나 같이 했으면서."

"그래도 창피해……!"

젊었을 때의 날카로운 분위기가 무뎌져서인지, 카나메는 오히려 지금이 더 귀여워진 것 같았다. 아니, 옛날에도 매력적이었지만 아이가 생긴 후로는 그저 엎치락뒤치락, 이것저것 바빠져 도저히 조용한 생활을 보낼 수가 없었다. 이렇게 느긋한 시간을 가질 수 있게 된 것도 최근 들어서였다.

아내의 뺨이며 목덜미에 키스의 비를 퍼부었다. 그녀는 황홀한 표정으로 소스케의 입술을 받아들이며 그의 귓불을 살짝 깨물었다. 이젠 침대에 가는 시간조차 안타까웠다. 카나메의 몸을 들어 주방 작업대 위에 앉히자 그녀는 웃음 섞인 조그만 비명을 질렀다.

"못써어, 밥 짓는 곳인데."

"네가 밥이다."

그대로 티셔츠를 반쯤 걷어 올려, 드러난 배꼽에 혀를 놀리자 그녀가 달콤한 목소리를 흘렸다. 조금 짭짤한 맛이 났다. 그가 팬티에 달려들려 했을 때—— 두 사람의 스마트폰이 동시에 진동했다.

""아——…… 제기랄.""

부부가 이구동성으로 욕설을 내뱉었다.

스마트폰을 집어던지고 총으로 쏴버릴까 하는 충동에 사로잡혔지만, 애석하게도 총을 가지고 다니는 습관은 버렸으므로, 당장 손닿는 곳에 있는 무기는 부엌칼 정도밖에 없었다.

전화는 패밀리 레스토랑의 점주 츠카다라는 사람에게서 온 것이었다. 카나메 쪽의 상대는, 영어로 대응하는 것을 보니 해외의 부하나 비서일 것이다. 소스케는 주방 구석까지 가서 전화를 받았다.

"예."

『츠카다입니다. **카자마** 씨죠?』

"안녕하십니까, 점주님. 무슨 일이십니까?"

『그게, 이제 막 출근했는데요, 그러니까…… 밤에 별일은 없었나요?』

"예. 통상대로 근무했습니다."

그 강도 건은 말할 필요도 없겠지. 단순한 장난감을 휘둘렀을 뿐이고, 피해는 1엔도 없었으니까.

『그래요. 흐음. 그게 말이죠…… 아침에, 근처 편의점에 강도가 들었다고 해서요. 아까 경찰에서 매장에도 다녀갔는데.』

"네……."

느닷없이 분위기가 수상해졌다. 그 남자, 우리 패밀리 레스토랑에서 실패하고 근처의 편의점을 표적으로 삼았던 건가. 그 어리석음도 어리석음이지만 자신의 선의를 무시했다는 데에도 암담한 기분이 들었다.

"범인은?"

『아직 잡히지 않았다네요. 그런데 말이죠? 경찰이 우리 CCTV의 동영상도 체크했는데…… 새벽에 말이죠, 계산대에서…… 카자마 씨, 제가 무슨 말 하려는지 알겠죠?』

다시 말해 소스케가 강도를 놓아준 장면도 고스란히 녹화되었으며, 경찰이 보고 말았던 것이다. 보통은 CCTV에 찍힌 동영상 따위 다시 살펴보거나 하진 않으리라 생각해 삭제하지 않았는데.

"……죄송합니다. 그냥 취객이라고 생각해 쫓아냈습니다."

『이러시면 곤란하죠. 하다못해 보고라도 해주셔야지. ……아, 네. 잠깐 경찰 바꿔드릴게요.』

수화기 너머에서 부스럭부스럭 움직이는 소리.

『……아~ 전화 바꿨습니다. 토요스 서의 히카와라고 하는데요. 에~ 두세 가지 여쭈어도 되겠습니까?』

"그러십시오."

히카와라는 경관의 질문은 형식적인 것이었다. 시간대와 범인의 인상착의, 무슨 이야기를 했는지 등등. 소스케는 최대한 거짓 없이 간결하게 대답했다.

간단한 유도신문은 있었다. 까만 모자를 쓰고 있었다고 말했는데도, 잠시 후에는 "빨간 모자라고 하셨던가요?" 하고 물어보았다. 수상한 점이 없는지 아닌지의 확인이란 것은 알고 있었으므로 그냥 부정만 했다.

『그런데 손놀림이 좋으시던걸요. 장난감 총을 파팟 빼앗으시고. 뭐 무술이라도 하셨습니까?』

"아니오. 그냥 틈을 봐서 얼른 빼앗았을 뿐입니다. 영상으로는 빨라 보였을지도 모르겠습니다만."

『아하아. 그런 건가요.』

이 설명으로 얼마나 믿어줄지는 알 수 없었다. 그보다도 테디(파르페를 먹고 있는 우락부락한 검은 옷의 백인 남성)와 그의 총에 대해 물어보지는 않을지 걱정이 들었지만, 그가 있던 자리는 CCTV의 사각이었으므로 화제에도 오르지 않았다.

"그쪽으로 찾아뵐까요? 바로 근처입니다."

『아뇨, 그러실 것까진 없습니다. 뭔가 여쭤보고 싶은 게 있으면 다시 연락드리죠. 고맙습니다.』

또 수화기 너머에서 부스럭부스럭 움직이는 소리. 상대가 점주로 바뀌었다.

『미안해요, 카자마 씨. 주무시려던 중이었죠?』

"아닙니다."

『이쪽도 바빠서요. 조금 있으면 본사 사람도 오게 돼 있고…….』

"바쁘시다면 지원을 나갈까요? 어느 정도는 괜찮습니다."

『아~ 그게 말이죠…… 이런 말은 좀 그런데.』

전화 너머에서 츠카다 점주가 말을 어물거렸다. 시야 한

구석의 주방에서는 먼저 전화 용무가 끝났는지, 카나메가 조금 걱정스러운 표정으로 이쪽의 눈치를 살피고 있었다.

『카자마 씨, 아직 연수 기간이었죠? 그래서…… 뭐, 이런 일이 일어나면, 말이죠…… 빨리 알려주시면 좋겠는데…… 말이죠. 제 개인적으로는 말이죠? 카자마 씨가 좀 더, 열심히 해주셨으면 좋겠지만요.』

"무슨 말씀인지 잘 모르겠습니다."

『아―…… 그러니까…… 말이죠? 정말 괴롭지만요, 이런 말씀 드리는 게.』

"아뇨, 사양 말고 말씀해 주십시오."

『그럼 말씀드리겠습니다. 이젠 나오지 마세요.』

○ ○ ○

그다음 날 오후――.

"자자, 이제 그만 기운 좀 내."

근처의 쇼핑몰―― 그 중에서도 푸드코트의 테이블에 앉아, 카나메가 말했다.

"자, 우동 먹어. 싫은 건 다 잊어, 잊어!"

"그래……."

소스케는 패기 없는 목소리로 대답하고 젓가락을 딱 쪼갰다.

"아빠, 왜 풀 죽었어?"

"그러니까, 짤렸다고. 어제 말했잖아."

맞은편 자리에 앉은 야스토와 나미가 말했다. 나미는 된장 라멘, 야스토는 테리야키 버거를 맛보는 중이었다.

"짤렸으면 어때. 본업으로 돌아가면 되겠네."

"야스토. 아빠는 건전한 일을 하고 싶었던 거야. 용병이니 병기 회사 테스터 같은 거 말고."

"그것도 건전한 일이잖아. 직업에 귀천은 없다는 말도 있고."

"뭐, 그건 그렇지만……. 뭐라고 설명해야 하나."

나미는 그렇게 말하면서 된장 라멘을 호로록 먹었다.

"아빠는 말이야, 보통 일을 하고 싶었던 거야."

카나메가 대신 설명했다.

"여기서 말하는 '보통'이란 건, 위험하거나 특수한 기능이 필요하지 않다는 의미의 보통이야. 기껏 다시 넷이서 살게 됐으니까 그런 일이 더 어울린다고 생각한 거지. 엄마는 그건 그거대로 멋지다고 생각하는데~."

"그랬어?"

야스토의 물음에 소스케는 고개를 끄덕였다.

"……뭐, 그랬다. 애석하게도 짤렸다만."

소스케는 붓카케 우동을 먹었다. 비참해서 맛이 제대로 느껴지지 않았다.

자신의 아이들에게 직장에서 해고되었다는 이야기를 하는 것이 이렇게나 힘들 줄은 몰랐다. 직장을 잃은 온 세상

아버지들의 심정을 처음으로 이해할 것 같았다. 뭐, 정말로 일자리를 잃고 내일도 알 수 없는 사람에 비하면 자신의 해고 따위는 소꿉놀이 수준이라는 것은 잘 안다. 왜냐하면 그의 아내는 억만장자니까.

오늘은 토요일이라 푸드코트는 꽤나 혼잡했다. 그곳은 일가가 사는 아파트에서 걸어서 10분 정도 걸리는 곳에 있는 쇼핑몰이었다. 근처 구에서는 가장 큰 몰이다. 예정도 없었으므로 기분 전환 겸해 넷이서 점심을 먹으러 나왔던 것이다.

아이들은 나름대로 즐거워하는 듯했다.

그야 이제까지 살았던 환경이 외국의 변경뿐이었으니까. 야스토는 옛 전우의 일가에 맡겨놓았던 시기가 있었으므로 캘리포니아의 쇼핑몰 같은 곳에는 가본 적이 있다지만 일본의 것은 경험해보지 못했고, 심지어 나미는 쇼핑몰 자체가 처음이었다.

카나메가 말했다.

"밥 먹으면 어디 갈까? 일단 유니클로부터? 야스토 바지랑 양말이 모자라거든. 그리고 나미도…… 이것저것."

나미가 끄덕 수긍했다. 아마 속옷인가보다.

나미는 나이 찬 여자아이지만 입는 것에 전혀 집착이 없다. 부모가 사주는 것을 불만 하나 없이 뭐든 입는다. 신경을 써주는 건가 생각했지만 그게 아니고, 정말 그 정도로도 상관이 없다고 한다. 카나메가 고등학생일 때는 나름대로 패션에 신경을 썼던 기억이 있었으니, 나미의 이런 면은 소스케를 닮았는지도 모른다.

"또 가고 싶은 데 있니, 나미?"

"서점."

"오케이. 야스토는 원하는 데 있어?"

야스토는 스마트폰으로 안내도를 보고 있었다.

"음~ 서점밖에 없네. 잠깐, 이 HMV란 건…… CD 샵? CD라면, 디스크?"

"맞아. 오랜만이네~ HMV."

"굉장하다! 거기 가볼래! DVD! DVD!"

DVD의 무엇에 그렇게 끌렸는지는 모르겠지만, 이상하게 신이 난 야스토의 옆에서 나미가 일어났다. 라멘을 육수 한 방울까지 다 마셔버렸다.

"물 리필. 필요한 사람."

"저요~."

카나메가 손을 들고, 소스케와 야스토는 괜찮다고 고개를 가로저었다. 소스케는 딸이 라멘을 다 비운 것이 마음에 걸렸다.

"다음엔 육수는 남겨라. 몸에 안 좋다."

"하지만 맛있어."

"염분과 지방 덩어리다. 맛있는 건 당연해."

"물 마시면 괜찮아. ……다녀올게."

나미는 약간 불만스럽게 말했다.

○ ○ ○

나미가 갔던 정수기에는 종이컵이 다 떨어지고 없었다. 어쩔 수 없이 자리에서 멀리 떨어진 다른 서버로 갔다.

이미 14시가 지났지만 푸드코트는 여전히 혼잡했으므로, 인파를 피해 지나가는 것만으로도 꽤 힘들었다. 그렇지만 나미는 이 푸드코트라는 식사의 시스템이 매우 마음에 들었다. 가족이 각자 마음대로 메뉴를 고를 수 있고, 물이나 물수건을 직접 준비하는 것도 좋다.

그리고 된장 라멘—— 이게 또 얼마나 맛있는지, 얼마나 맛있는지! 최근에야 깨달았는데 자신은 라멘을 굉장히 좋아하는 것 같다. 해외에서도 인스턴트로는 몇 번 먹어봤지만, 일본에서 제대로 된 라멘을 먹어본 것은 처음이었다. 이렇게 되면 시내에 있는 다른 가게도 개척해봐야 하지 않을까……. 그러고 보니 오미야에도 많은 라멘 가게가 있었는데, 가보지 못했다. 아깝게 됐다.

정수기에 도착하니 서너 명이 줄을 서 있었다. 나미는 그 줄 제일 뒤에 섰다. 그 직후, 조금 떨어진 자리에 있던 애 딸린 손님이 식기를 떨어뜨리는 요란한 소리가 났다.

"…………!"

나미는 한순간 긴장했으나 이내 경계를 풀고 앞을 보았다. 하지만 그 바람에, 이번에는 다른 손님과 충돌하고 말았다. 게다가 그 손님이 들고 있던 쟁반에는 국물이 잔뜩 남은 우동 그릇이——.

"아……."

나미는 풀색 셔츠에 하얀 핫팬츠를 입고 있었는데, 그것이 국물을 뒤집어쓰고 말았다.

"아앗! 미안해요, 미안해요……."

그 손님은 황급히 손수건을 꺼내며 굽실거렸다. 중년 여성—— 아마 어머니와 비슷한 나이인 것 같았다. 그릇은 내버려 둔 채 서버 옆에 있던 티슈를 잔뜩 뽑아와, 가만히 서 있는 나미에게 내밀었다.

"미안해요. 저기, 괜찮을까요?"

자신의 몸을 건드려도 되겠느냐는 질문임을 깨닫기까지 나미에게는 조금 시간이 걸렸다.

"아, 네……."

여성 손님은 티슈로 퐁퐁 두드리듯 국물을 닦았다. 꼼꼼하고 부드러운 손길이었다.

"미안해요, 정말 미안해요. 아아…… 깨끗한 옷을 다 망쳤네요. 이건 좀…… 안 지워지려나."

"괜찮아요. 싼 거라……."

말은 그렇게 했지만 나미는 자기 옷의 가격도 몰랐다. 지금 사는 집에 이사를 오면서 어머니 카나메가 통판으로 한꺼번에 샀던 옷을 입은 것뿐이기 때문이다. 참고로 나미는 어머니의 옷도 곧잘 입는다. 아무리 그래도 속옷까지는 공유하지 않았지만, 그것도 어머니가 난색을 표했기 때문이었으며, 본인은 딱히 상관없다고 생각했을 정도였다(어머니의 속옷은 나미에게 조금 끼었지만).

"아무튼 제가 부주의했던 거니 신경 쓰지 마세요. 그럼……."

이목이 모이는 것은 별로 좋지 않다. 물을 떠 오는 것은 관두고, 나미는 그 자리를 떠나기로 했다. 하지만 그 여성 손님은 나미를 따라와 여전히 사과했다.

"계속 따라와서 미안해요, 아가씨. 하지만 이대로는 내가 마음이 불편해서……. 옷은 변상할게요. 그러니……."

"정말 괜찮아요."

"하다못해 세탁비만이라도 낼게요. 아아…… 하지만 이렇게 얼룩이 져선 안 되려나……. 역시 변상을 해야겠어요."

그 여성 손님은 조금 갈팡질팡하고는 있지만, 보기에도 기품 있는 태도였다. 심플한 다크 브라운 원피스에 하얀 카디건. 어깨까지 내려오는 흑발은 젖은 까마귀 깃털처럼 윤기가 흘렀으며, 피부는 투명할 정도로 희다. 기모노를 입으면 분명 잘 어울리겠지. 어머니와는 또 다른 미모였다. 휴일의 푸드코트에 있는 것이 이상하게 보일 정도였다.

그런 숙녀가 필사적으로 나미를 따라오니 싫어도 주목을 모으고 말았다. 주목은 위험하다. 얼마 전에도 그것 때문에 이사하게 되었다. 나미는 어쩔 수 없이 발을 멈추고 그 여성 손님을 달래듯 말했다.

"알았어요. 그럼 셔츠만…… 아무 데서나."

"아아…… 고마워요. 그럼 미안하지만 시간을 좀 빌릴게요. 혼자 왔나요? 가족분들은?"

"가족하고 오긴 했지만…… 연락해둘 테니까, 가요."

"그래요? 그러면……."

앞장서서 걸어나간 여성 손님을 따라가며, 스마트폰을 꺼내 가족 채팅방에 메시지를 보냈다.

《나미: 잠깐 셔츠 사준다고 해서 다녀올게. 먼저 가.》

《엄마: ?? 무슨 소리??》

《나미: 우동 엎었어. 엄마 나이 정도 되는 여자분.》

《아빠: 위협이나 수상한 점은?》

《나미: 무해함.》

《아빠: 그럼 됐다.》

《엄마: 되긴 뭐가 돼. 엄마도 갈게. 인사하러.》

《나미: 됐어. 금방 끝낼게.》

《엄마: 안 된다구.》

《야스토: 걍 냅둬.》

《나미: 나중에 연락할게.》

일단은 스마트폰을 넣고 여성을 따라갔다.

"가족 분들께 연락은 됐나요? 어떤 가게가 좋으려나. 생각해보니 젊은 분들 다니는 곳은 잘 몰라서……. 열 살짜리 딸이 있다 보니 GAP라면 자주 이용하지만요. 아아…… 나이 찬 아가씨가 이용하는 곳은 아니려나?"

여성은 쇼핑몰을 걸어나갔다. 푸드코트가 있는 3층에는 의류 매장이 별로 없었으므로 에스컬레이터를 타고 2층으로 내려갔다. 그때, 지나가던 정장 차림의 남자가 그녀에게 말을 걸었다. 대머리에 초로의 남성이었다.

"사장님!"

그의 말에 여성이 발을 멈추었다.

"여기 계셨습니까……! 한참 찾았습니다요."

"시바타 씨."

"넵. 이제 곧 선생님께서 오십니다. 쇼룸 쪽으로 돌아와 주십쇼."

"어머나. 예정보다 이르네요……. 어쩜담."

"앞쪽 일정이 비게 되었다나 뭐라나 하시면서요. 건축가 양반들은 정말 제멋대로라니까요. ……그런데 그쪽 아가씨는?"

시바타라 불린 남성은 사양도 하지 않고 나미의 얼굴과 옷의 얼룩을 번갈아 보았다. 정장은 입었지만, 어딘지 모르게 얼굴이 무섭다.

"이쪽 아가씨는…… 내가 우동 국물을 엎어버려서요. 옷을 변상하러 가는 중이었어요. 그렇게 돼서 사야 할 게 있으니까, 선생님께는 기다려달라고 해야겠네요."

"사장님, 그건 곤란합니다요. 선생님이 기분이라도 상하면, 잡지 건이……."

"하지만 이 아가씨를 기다리게 할 수도 없는걸요. 이렇게 큰 얼룩이 진 옷을 입고 돌아다니게 하다니, 불쌍해요."

"하지만요……."

자세한 사정은 모르겠지만, 나미에게도 이 여성—— '사장님'에게 중요한 용건이 있다는 정도는 이해할 수 있었다.

"다녀오세요. 저는 괜찮으니까요."

"아니에요. 한번 나눈 약속을 어기는 건 인의에 어긋나니까요."

"인의……?"

"가시죠, 아가씨."

"아아, 사장님……!"

'사장님'은 시바타라는 사내를 남기고 냉큼 가버렸다. 어떻게 해야 좋을지 알 수 없어, 나미는 그녀를 따라가기로 했다.

"그러고 보니 아직 이름도 말하지 않았네요. 저는 하야시미즈라고 해요."

○ ○ ○

소스케 일행은 푸드코트를 나와 CD 숍에 와 있었다.

야스토는 처음에는 수많은 CD며 DVD에 흥분했으나, 전부 온라인으로 감상할 수 있는 것들뿐이란 사실을 알고는 텐션이 뚝 떨어져 버렸다.

"기왕 왔으니 뭔가 사줄까?"

카나메가 말했다.

"응. 그치만 한류 아이돌이랑 애니 음악밖에 없어⋯⋯."

매장을 한 차례 둘러본 야스토가 말했다.

"왜? 좋잖아, 한류 아이돌. 나도 잘은 모르지만. ⋯⋯그래도 정말 옛날하고 분위기가 다르긴 하네. 엄마가 고등학생이었을 때쯤에는 서양 음악이 많았는데⋯⋯."

"오히려 엔카 같은 게 좋아. 쇼와 시절 가요라든가."

"취향 중후하네, 야스토⋯⋯."

"근데 이 디스크, 우리 집에 재생기는 있어?"

"아, 플레이어 말이구나⋯⋯. 그러고 보니 없을지도."

"그럼 가전제품 코너 가자! 가전제품!"

이러니저러니 해도 즐거운 모양이다. 소스케는 스마트폰을 보았다. 나미에게서는 그 후로 연락이 없었다. 여전히 테디의 부하가 몰래 호위로 따라다니고(나미 자신도 안다), 위치 데이터는 공유하고 있으니 뭐, 걱정할 필요는 없겠지.

대충이기는 하지만 아마 지금 나미가 있는 곳은──.

"다크 퀸?"

"그거 날라리 스타일 브랜드 아냐? 표범무늬 같은 거 덕지덕지 들어간."

카나메가 스마트폰을 들여다보며 말했다.

"잉? 나미가? 농담이지?"

"그런 시기일지도 모르겠군."

이제까지 사춘기의 대부분을 변경에서 소스케와의 혹독한 생활로 허비해버렸다. 그런 나미가 날라리(?) 같은 복식을 지망한다면, 아버지로서 응원해주고 싶었다.

"그럴 리가 없잖아. 역시 내가 가봐야겠어. 게다가 다크 퀸은 꽤 비싸단 말야. 상대한테 미안하잖아."

"그렇군."

"당신은 야스토하고 놀고 있어."

"알았다."

"뭐든지 막 사주면 안 돼. CD는 두 장만이야."

"알아들었으니 가라."

"정말 알아들은 거 맞아⋯⋯?"

　카나메는 고개를 꼬면서 CD 숍을 나갔다. 매장 밖에 대기하고 있던 테디(오늘은 알로하 셔츠였다)가 카나메의 뒤를 따랐다.

"그러면 야스토, 뭘 살 거냐? CD라면 아빠한테 맡겨라."

"이츠키 히로시랑 SMAP은 필요 없거든?"

"⋯⋯그렇구나. 하지만 곤란하게 됐군. 달리 추천할 가수를 모르겠다."

"선택지가 좁아! ⋯⋯뭐 됐어. 이미 찍어놓은 거 있으니까. 음, 이거랑⋯⋯ 이거."

　야스토가 골라온 CD는 미소라 히바리와 고다이고였다. 둘 다 쇼와 시절의 명 아티스트라고 한다.

"아빠는 잘 모른다만, 그게 좋으냐?"

"응. 동영상으로 들어본 적 있어. 둘 다 좋던데."

"그렇군. 나중에 아빠한테도 들려주겠나?"

"당연하지! 근데 플레이어가 필요해. 다음엔 가전제품 코너 가자, 가전제품."

계산을 마치고 CD 숍을 나왔다. 야스토는 기분 좋게 소스케의 손을 잡았다.

이렇게 아들과 손을 잡고 걸으니, 소스케는 신기한 기분이었다. 자신이 지금 맛보고 있는 행복과, 그 행복에 모종의 켕기는 감정을 느낀다는 것. 이런 행복이 오래 이어질 리가 없다…… 그렇게 생각해버리는 자신의 부정적인 부분을 아들의 웃음이 전부 지워버리는, 그런 기묘한 안심감.

나미도 물론 그렇지만, 야스토는 아들이라서 그런지 다른 감회를 품게 하는 것이리라. 이 정도 나이였을 때, 자신은 암흑 속에 있었다. 그 암흑에서 한 걸음, 탁 트인 세상으로 끌어내 주었던 사람의 이름을 딴 아들이, 지금도 이렇게 빛 속에서 손을 잡아 끌어주고 있다. 물론 그 사람은
—— **안드**레이 세르게이비치는* 이렇게 밝게 웃은 적은 없었다. 야스토와는 아무 인연도 없는 다른 사람이고, 전쟁에서 마모되어 웃는 법조차 잊어버린 듯한 남자였다. 하지만 지금 그의 나이에 근접해서, 당시의 자신과 같은 또래의 아들과 걷는 것은—— 한 마디로는 표현할 수 없는, 기묘하고도 충족된 한순간이었다.

야스토는 쇼핑몰의 안내도를 바라보며 투덜거렸다.

---

*일본어 발음으로는 안도레이. 야스토(安斗)는 '안도'라고도 읽을 수 있다.

"아~ 가전제품 코너는 제일 멀리 있네. 귀찮아……."

"기껏해야 400미터 정도다. 힘내서 걸어라."

그렇다고는 해도, 요즘 세상에 가전제품 코너에서 CD 플레이어 같은 걸 취급할까? 통판이 확실할 것 같은데……라고 생각한 그때, 소스케는 알아차리고 말았다.

오가는 쇼핑몰의 손님 속에, 그 남자가 있었다.

이른 아침 패밀리 레스토랑에 쳐들어왔던 그 강도다. 매장에 왔을 때는 마스크를 했지만, 그를 정면에서 관찰했던 소스케는 얼굴을 기억했다.

나이는 20세 전후. 지금은 검은색 재킷을 입었다. 중간 키에 중간 체구이며 싸구려 백을 어깨에 걸쳤다. 어딘가 불안한 기색이었다.

왜 이 쇼핑몰에? 설마 또 강도짓을? 이런 대낮에?

"왜 그래, 아빠?"

"음. 아─……."

소스케는 망설였다. 지금 저 남자를 제압하기는 쉽다. 말을 걸고, 팔을 잡고, 꺾어서 넘어뜨리면 그만이다. 그리고 경찰을 불러 사정을 설명하고, 토요스 서의 히카와라는 형사를 불러 달라고 하고, 다시 사정을 설명하고, 강도범을 잡은 솜씨 때문에 또 이것저것 질문을 받고, 위조 면허증 등등 이것저것 보여줄 위험성을─.

말도 안 된다. 못 본 척하는 것이 제일이다.

"아무것도 아니다. 가자."

저 남자 때문에 패밀리 레스토랑에서 해고당했는데 이 대로 놓아주는 것도 속상하지만, 뭐, 어쩔 수 없다. 게다가 야스토도 있다. 폭력을 보여주는 것은 교육상 좋지 않다 (몇 번이나 적을 제압하는 걸 거들게 했지만 그래도 좋지 않은 건 좋지 않은 거다).

소스케는 야스토와 함께 그 자리를 떴다. 이때 남자가 주방용품 코너에 들어가는 것이 보였지만, 아무래도 상관 없었다.

○　○　○

"정말, 딸이 우동 국물을 뒤집어썼다길래 무슨 일인가 했더니……!"

『다크 퀸』바로 밖의 통로에서 어머니 카나메가 웃고 있 었다.

"설마 상대가 오렌 양이었다니! 이런 일도 다 있네? 깜 짝 놀랐어."

"저도 놀랐어요."

그 여사장──렌이라는 이름이었다──은 손으로 입을 가리며 웃었다.

"하지만 듣고 보니 나미 양은 닮았네요, 치도리 씨와…… 아니, 뭐라 불러야 하나요. 사가라 씨라고 하면 부군과 구 분이 안 되고."

나미는 어머니의 옛 성이 '치도리'였던 것을 떠올렸다. 아주 드물게 아버지가 어머니를 그렇게 부를 때가 있다. 대개 비상시에.

"음~ 역시 '카나메'?"

"예. 그럼 카나메 씨."

약간 새삼스러운 듯 말하고, 두 사람은 웃었다.

"그래서, 카나메 씨랑 나미 양은, 분위기는 좀 다르지만 역시 닮았네요."

"그런가? 아, 사실 귀 모양은 판박이야. 봐봐."

카나메가 얼굴을 바짝 들이댔다. 나미는 귀의 모양 따위 의식한 적도 없었으므로 감이 안 왔지만, 렌은 "어머나, 정말 똑같네요" 하고 감탄했다.

"근데…… 나미. 그 차림은 뭐야?"

나미는 핑크색 표범무늬 셔츠에 데님 미니스커트 차림이었다. 나미도 렌도 패션 감각은 없다 보니 점원이 추천해주는 대로 골라버렸던 것이다. "스타일이 엄청 좋으시니까 분명 어울릴 거예요!"라나.

"죄송해요. 가까운 가게로 했더니…… 역시 너무 화려한가요?"

"아냐, 이건 이거대로 귀엽고, 본인이 마음에 들었다면……. 어때, 나미?"

카나메와 렌이 눈치를 살핀다. 나미는 고개를 끄덕였다.

"좋아."

"그래, 그렇다면야 뭐. ……기껏 사줬는데 반응이 밋밋해서 미안해, 오렌 양. 얘는 어쩐지 입는 데에 집착이 없어서."

"후후. 분명 뭘 입어도 귀여우니까 그럴 거예요. 자세가 반듯한 걸 보면 알아요."

나미는 아주 약간 멋쩍음을 느꼈다. 이 렌이라는 사람이 말하면 그냥 빈말로는 들리지 않는 것 같았다. 그렇다 해도 엄청난 과대평가지만, 그게 어째서인지 불쾌하지가 않다.

렌은 어머니의 고등학교 시절 동창이라고 한다. 인터넷에서는 가끔 소식을 주고받았지만, 직접 만나는 것은 20년 만이라나. 그래서인지 아까부터 어머니가 신이 난 모습이 꼭 고등학생 같았다. 폴짝폴짝 뛰고, 이따금 손을 휙휙 저으며 렌을 끌어안는 모습은 학교에서 같은 반 여학생들이 보여주는 모습과 흡사했다.

"그러고 보니! 선배는 어떻게 지내? 오늘은 같이 왔어?"

"아니에요. 오늘은 일 때문에 왔던 거라. 남편과는 따로예요."

"그러고 보니 미안해. 결혼식에 못 가서. 살던 데가 멀리 떨어진 산속이고, 게다가 얘가 너무 어렸을 때라……."

"아니에요. 오히려 그렇게 먼 곳에서 전보를 보내주셔서 고마웠는걸요."

"직접 보고 싶었는데~ 오렌 양 신부 의상. 사진은 받았지만 너무 예뻐서……. 아, 사진 하니까 생각났어! 따님! 엄청 예쁜 애! 우리 막내랑 같은 나이였지~? 다음번에 같이 데리고 놀러 와~! 분명 친해질 거야! 하하하!"

카나메는 완전히 하이텐션 아줌마가 되어 주워섬겼댔다.

"네, 꼭이요. 그보다 나미 양에게 들었는데, 지금은 도쿄에 사신다면서요?"

"아…… 응. 바로 얼마 전에 돌아와서…….'"

카나메는 조금 정신을 차린 듯했다. 일단 자신을 노리는 자들이 있고, 그 탓에 이사가 잦았던 것을 떠올렸기 때문이리라. 물론 렌을 말려들게 하지는 않겠지만, 그래도 친구와 마음 편히 만날 수 있는 입장은 아닌 것이다.

"정리되면 알릴 생각이었거든. 미안해……."

"아…… 마음에 두지 마세요. 이것저것 사정도 있었을 테니까요."

렌도 목소리 톤을 약간 낮추며 말했다. 사가라 가의 사정을 어느 정도는 알고 있는 눈치였다.

"하지만 기껏 이렇게 뵈었으니 좀 더 이야기를 나누고 싶네요. 사가라 씨도 같이 오셨죠? 서서 이야기 나누는 것도 뭣하니…… 카나메 씨, 시간은 괜찮으신가요?"

"아, 한가해 한가해. 난 그렇다 쳐도 오렌 양은? 일이 있다고 했잖아."

"아……."

조금 전 시바타라고 하는 부하와의 대화를 그제야 겨우 떠올렸는지, 렌은 두 손으로 입을 막았다.

"어떡하지. 볼일이 있는 걸 잊어버렸네요. 우리 가게에 손님이…….”

"? 그랬어? 시간 걸릴 것 같으면 나중에 또 만나도 상관 없지만…….”

"아니에요. 아주 잠깐 기다려주시면 끝날 거예요. 지금 가게로 같이 가시죠.”

"난 괜찮지만, 가게라니?”

"『미키하라 홈즈』라…… 이 근처일 텐데.”

카나메에게서 온 메시지를 다시 보며 소스케가 말했다.

야스토와 가전제품 코너에 가서 CD 플레이어는 발견했지만, 가격이 다소 비싸 통판으로 사기로 했다. 소스케는 2, 3천 엔 정도라면 상관없었는데, 야스토가 "통판으로 사는 게 훨씬 싸"라고 주장했던 것이다. 아들의 경제 관념이 더 낫다는 것도 생각해 볼 문제다.

그리고 카나메에게서 연락이 왔다.

나미의 트러블 상대가 '오렌 양', 즉 미키하라 렌이었다는 말을 듣고 소스케도 놀랐다. 고등학교 시절 학생회의 서기. 혹시 무슨 음모인가―― 아니, 아무리 그래도 그건 아니겠지. 정말로 단순한 우연이리라.

렌과는 20년 가까이 만나지 못했다. 미키하라가 옛날 성이 되었다는 건 알고 있다. 남편이 누구인지도.

쇼핑몰 3층, 사람들의 왕래가 조금 뜸한 위치에 『미키하라 홈즈』의 쇼룸이 있었다. 크고 작은 개점 축하 화환이 장식되어 있고, 손님도 많았다.

"아, 왔다 왔다. 여기야."

대기석 한쪽에서 카나메가 손을 흔들었다. 옆에는 나미도 보였다. 차를 마시고 있다. 그 맞은편에는 초로의 대머리 남자가 있었다. 미키하라 조직의 부조장 시바타였다. 그리운 얼굴이다.

"헤에! 이분이 카나메 아씨의 부군 되십니까요. 처음 뵙겠습니다. 시바타라고 하는 놈입니다요."

시바타가 말했다. '처음 뵙겠습니다'라는 말은 기묘하게 느껴졌지만, 생각해보면 소스케가 맨얼굴로 시바타와 만났던 것은 아주 짧은 한순간이었으니, 기억을 못 하는 것도 무리는 아니었다. 이런 사정을 설명하면 복잡해지므로 소스케는 인사만 해두었다.

"옛날에 카나메 아씨께는 큰 신세를 졌습죠. 이쪽은 도련님입니까요? 아주 똘망똘망하게 생기셨구만요……! 주스나 칼피스 드시겠습니까요?"

"레드불 있어요?"

카나메의 옆에 앉으며 야스토가 사양 않고 물었다.

"이 녀석, 야스토. 죄송해요. 칼피스로 주세요."

"넵. 사장님도 곧 손님 대응이 끝나실 겁니다요. 기다려 주십쇼."

시바타는 음료를 가지러 갔다. 소스케는 나미의 차림을 빤히 바라보았다. 미니스커트는 가끔 입으니 별생각이 안 들었지만, 핑크색 표범무늬는 처음이었다.

"신형 도시 미채인가."

"아무리 그래도 그건 아냐."

나미가 무뚝뚝하게 말했다.

"훌륭한 점포로군. 회사를 운영하고 있다는 말은 들었지만……."

넓찍한 매장 안을 둘러보며 소스케가 중얼거리자 카나메가 동의했다.

"정말이야. 전에는 야쿠자였다니 믿기지 않지~? 시바타 씨는 영업부장이래. 다른 사람들도 잘 지낸다고 하고."

미키하라 홈즈.

리폼 회사다. 할 수 있는 일, 할 수 없는 일의 포맷을 확실하게 정해놓고, 그 대신 싸고 빠르게, 그러면서도 센스 있게. 원래의 『미키하라 조직』이 새로이 회사가 되어 15년 사이에 급성장한 것이었다. 기본적으로는 온라인 수주가 메인이었지만, 최근에는 칸토 지방을 중심으로 쇼룸도 내고 있다.

그곳의 사장이 렌이었다.

빈자리가 생긴 이 쇼핑몰에 점포를 내게 되어, 렌은 그곳의 개점 세일에 나와 있었던 것이었다. 지금은 회사가 신세를 지고 있는 건축가를 응대하러 갔다.

이미 미키하라 조직에 대해 모르는 사원이 대부분이라고 한다. 원래의 조직원도 아직 대부분 적을 두고 있지만,

자리를 잡고 완전히 일반인 생활에 적응했다나.

완전히 일반인—— 그 말을 카나메에게서 들었을 때, 소스케는 어째서인지 씁쓸함을 느꼈다.

그 약소 조직의 야쿠자들이 일반인이 되어, 건실한 사업으로 성공을 거두고 있다. 그 자체는 매우 잘된 일이지만, 어째서 솔직하게 기뻐할 수 없는가.

바로 얼마 전에 호위반의 테디에게 했던 이야기를 떠올렸다. '용병 따위 어차피 야쿠자나 마찬가지'—— 이 얼마나 얄궂은 말인가. 자신은 즉흥적으로 시작했던 패밀리 레스토랑 알바를 해고당해 끙끙거리고 있는데, 진짜 야쿠자들은 10년 이상 꾸준히 해왔고, 이제는 이렇게 쇼룸까지 열었다니.

"역시 선배의 수완인가."

'선배'란 하야시미즈 아츠노부를 말한다. 과거의 학생회장. 지금은 렌의 남편이기도 하다.

"그야 그렇겠지. 오렌 양은 사장님이지만 경영은 하야시미즈 선배가 맡고 있다니까."

"오늘은 안 계신가……?"

"그렇다고 들었어. 보고 싶어?"

"물론이다. 아니…… 글쎄. 잘 모르겠군."

소스케는 하야시미즈와는 20년 이상 만나지 못했다. 결혼 축하 같은 짧은 인사는 카나메를 통해 주고받았지만, 그뿐이었다. 피차 인간관계를 꼼꼼히 관리하는 종류의 인간은 아니다. 얼굴을 마주하고 이야기를 나눈 것은 고등학교 시절, 그날 방과 후의 옥상이 마지막이었다.

그날 방과 후의 옥상.

그에게 "이제는 무리라고 생각하네"라는 말을 들었던, 그 겨울 저녁의 공기.

어제 일처럼 선명하게 떠오른다.

그 후로 우여곡절은 있었지만, 일단락되어 잠깐 그 고등학교에 돌아갔을 때, 당연하지만 하야시미즈는 이미 없었다. 지망 대학에 진학해, 교토인지 어디인지로 갔다고 한다.

그는 그의 인생을 똑바로 나아갔다. 그것으로 끝이다.

보고 싶다는 것은 사실이었지만, 지금 자신의 꼬락서니를 그의 앞에 드러내는 것이 저어되었다.

"복잡한 남자의 마음이구나."

역시 카나메는 소스케의 그런 기분을 이해해준 모양이었다. 소스케와 하야시미즈 사이를 가장 가까운 곳에서 지켜봤던 것도 그녀다.

"뭐, 그런 거다."

"정말 질투 난다니깐."

"왜 얘기가 그렇게 되나."

그때 시바타가 음료를 가지고 대기석으로 돌아왔다. 시바타는 즐겁게 추억담을 꺼내고, 카나메는 명랑하게 맞장구를 치고, 나미와 야스토는 따분해했다(다만 추억담 속에서 전 세계적으로 유명한 마스코트 캐릭터가 나왔을 때는 둘 다 의아하다는 표정을 지었다).

그리고 손님 접대를 마친 렌이 나왔다.

옛날부터 조신한 소녀였지만, 나이에 맞는 차분함이 더해지니 남에게 자연스러운 안심감을 주게 되었다. 소스케와의 재회에 한 차례 기쁨을 나눈 후, 렌은 이렇게 말했다.

"아직 시간 있나요? 남편에게 사가라 씨네 이야기를 했더니, 꼭 만나고 싶다고 하네요."

"선배가? 집이 쵸후라고 하지 않았어?"

"딸이랑 히비야까지 외출 나와 있었대요. 차로 오면 10분도 안 걸리죠. 지금쯤 도착해도 이상하지 않을지도——."

"사가라 군!!"

쇼룸 입구에서 누군가가 이름을 불렀다. 다른 손님들도 주목할 만한 목소리였지만 아랑곳하지 않는 눈치였다.

한눈에 하야시미즈 아츠노부라는 것을 알아보았다.

노타이 슈트에 재킷 차림. 몸집은 옛날과 거의 달라지지 않았다. 안경이 무테이고 눈가에 조그만 주름이 있는 정도의 차이일까. 가장 달라진 것처럼 보인 부분은 활달함이었다. 아무 속셈도 없는 듯한 웃음과 함께 이쪽을 향해 똑바로 달려왔다.

"회장 각…… 아니, 선배."

"사가라 군! 잘 지냈나 보군."

하야시미즈는 소스케의 두 어깨를 안고는 굳게 악수를 했다. 상상했던 것보다도, 기억했던 것보다도 훨씬 힘찼다. 그것만으로도 지난 20년 동안 그가 어떤 삶을 살아왔는지, 어렴풋하게나마 알 것 같았다.

"선배도…… 잘 지내셨던 것 같군요."

"응? 아아, 기뻐서 나도 모르게 들떴지 뭔가! ……이렇게 훌륭하게 크다니. 아니, 오히려 변함이 없는지도? 난 보다시피 완전히 아저씨가 됐네만."

"아니오. 선배도 변함없으십니다."

그렇게는 말했지만 역시 하야시즈는 달라진 것 같았다. 전에는 웃음을 짓고 있어도 전혀 빈틈을 보이지 않는 젊은이였다. 어떤 순간에도, 어떤 상대라도 본심을 내비치는 일이 없는, 호락호락하지 않은 면모가 있었다. 이렇게 갑자기 흉금을 터놓고 다가서는 것은 그가 아는 하야시즈가 아니었다.

"오늘은 쿄후 집에서 서류 작업을 하고 있었는데…… 어째서였을까, 뭔가 예감이 들었지. 그래서 딸과 외출해 어슬렁어슬렁 산책을 하고 있었다네. 딸이 공원을 다니는 걸 좋아하거든. 덕분에 나도 완전히 공원 매니아가 됐지 뭔가. ……아, 그런데 그 딸은 이 쇼핑몰의 원예점을 보고 싶다고 해서 가게에 놔두고 왔다네. 나중에 소개해주지…… 아차, 치도리 군! 이거 실례했네."

카나메가 짐짓 헛기침을 해, 하야시즈는 슬쩍 너스레를 떨며 반응했다.

"아뇨아뇨. 남자들의 소중한 재회니까요. 저는 훨씬 나중으로 미뤄두셔도 상관없답니다?"

"하하, 자네하고는 별로 오랜만인 것 같지가 않은걸. 하지만 정말, 아름다워졌어. 게다가—— 행복해 보이고."

하야시미즈는 가느다란 눈을 더욱 가늘게 떴다.

"네. 선배는 어딘가 밝아졌네요."

"흠? 그런가?"

하야시미즈는 렌을 보았다. 렌은 밝은 웃음을 지었다.

"네. 지금이 훨씬 멋지세요."

"당신이 그렇다면야 정말 그렇겠지. 나도 청춘의 울적함에 사로잡혀 있었던 건지도. 뭐, 지금은 중년의 위기가 기다리고 있지만……!"

"아하하. 뭐, 이러시는 걸 보니 괜찮을 것 같은데요. ……아아, 딸이랑 아들이에요. 자자, 일어나서 인사해야지."

카나메가 나미와 야스토를 소개해주고 가볍게 근황이며 신상 이야기를 하고 있으려니, 한 소녀가 다가왔다.

"아버님, 어머님. 늦어져서 죄송합니다."

늘씬하고 예쁜 아이였다. 나이는 열 살 정도 됐겠지만 키는 큰 편이었다. 흑발에 하얀 원피스가 잘 어울렸다. 조금 새침한 느낌도 들었다.

"아오이. 오히려 일찍 온 편인걸. 원예점은 다 봤니?"

"그 가게, 생각보다 좁아서 종류가 별로 없었어요……. 이쪽이 말씀하신 친구분들인가요?"

"소개하지. 내 딸 아오이일세."

"……처음 뵙겠습니다. 아오이라고 합니다."

"안녕, 아오이 짱! 카나메 아줌마야. 사진으로 봤던 것보다 더 크네~."

"아아, 그건 초등학교 입학식 사진이었으니까요……."

렌이 말했다.

"아, 그랬나. 아하하. 그리고 여기 수상한 게 소스케 아저씨. 이쪽은 딸 나미, 이쪽은 아들 야스토. 친하게 지내줘."

"나미야. 잘 부탁해."

"어…… 네."

아오이라는 소녀는 나미의 표범 무늬 패션에 약간 질겁한 듯했다.

"야스토도 초등학교 4학년이야. 자, 야스토. 인사해야지."

"…………."

야스토는 이제까지 따분해하는 눈치였는데, 지금은 아오이에게 시선을 고정한 채 멍하니 서 있었다.

"야스토?"

"어?"

"아오이한테, 인사."

"어…… 안녕."

간신히 그 말만을 하고, 야스토는 고개를 숙여버렸다.

이 이상 쇼룸에서 아는 사람들끼리만 소란을 떠는 것은 역시 좋지 않을 테니, 일동은 이동하기로 했다. 아이들은 게임 코너로 가서 적당히 놀고, 카나메와 나미가 따라갔다. 렌은 결국 손님 응대가 이어져서 쇼룸에 남았다.

소스케와 하야시미즈는 게임 코너 근처의 카페에 들어갔다. 비싼 것치고는 맛없는 커피였지만, 덕분에 내부는 한산했다.

겨우 남자 둘만 남게 되었다.

카나메가 배려해준 것은 알겠지만, 조금 어색한 기분이었다.

"자네와 이렇게 이야기를 할 수 있게 되다니. 꿈이라도 꾸는 기분이군."

하야시미즈가 말했다. '꿈이라도 꾸는 기분'이라니. 왕년의 그라면 거의 입에 담지 않았을 말이었다.

"차라리 맥주라도 마시러 가고 싶은걸. 사가라 군, 술은 좀 하나?"

"아니오. 알코올은 안 되겠더군요."

옛날의 부상 탓이라는 말은 하지 않았다.

"그런가. 뭐, 나도 조금 즐기는 정도라네. 건설업계 일이다 보니, 교제할 정도로는 마셔야 하거든."

"그러셨군요. 일 말씀하시니 생각이 났는데…… 그 점포도 놀랐습니다. 미키하라…… 사모님의 회사라고는 들었습니다만, 업적도 호조라지요."

"궤도에 오르기는 했지만, 살얼음 밟아가며 어떻게 간신히…… 하는 정도라네. 고등학교 학생회하고는 영 다르더

군. 하하."

그 웃음소리에는 모종의 쓸쓸함이 섞여 있었다. 학생회와는 영 다르다…… 물론 그렇겠지만, 회사 하나를 그 정도로 성장시킨 것이 보통 수완일 리 없다는 것은 소스케도 상상할 수 있었다(카나메가 회사를 몇 개씩 소유한 것은, 뭐, 난폭하게 말하자면 치트 같은 거니까).

"그러나 훌륭한 수완입니다. 분명 장래에 훌륭한 지도자가 되실 거라고는 생각했습니다만……."

"아니, 사가라 군. 그건 아닐세. 지도자 같은 건 될 마음이 없었다네. 정말로."

아주 잠깐, 하야시미즈의 얼굴에서 웃음기가 사라졌다.

"학생회장 같은 걸 했던 탓인지 오해를 사기 십상이네만. 고등학교 때는 사실 이미 진로를 결정했고, 대학도 그쪽으로 갔지."

"그러고 보니 들어본 적이 없군요. 무슨 전공이셨습니까?"

"언어학일세. 희소언어라고 하나…… 그런 것들에 옛날부터 관심이 많았거든. 예를 들면…… 일본의 남방제도에서 필리핀 주변까지 분포된 언어군 말이지. 비교를 해보고 싶어서……. 대충 설명하자면 그렇다는 거네만. 그 부근은 소위 소멸위기 언어가 많다네."

"아―…… 몰랐습니다."

"뭐, 별로 활발한 학문은 아니니까."

"아뇨, 그게 아니라. 선배가 그러한…… 학문에 관심을 가지셨다는 것 말입니다."

"그러고 보니 고등학교 때는 아무한테도 말하지 않았지. 학자가 되고 싶었다네. 경영자나 정치가 같은 건 안중에도 없었어."

"그러셨군요……."

"의외인가?"

"아니오. 오히려 납득이 갈 정도입니다."

그러고 보면 마지막으로 이야기를 나누었던 그 날, 학생회 선거가 끝나고 그런 대화를 들은 듯한 기억이 어렴풋이 있었다. 그것은―― 선생님하고였던가? 회장으로서의 수완을 칭찬하던 선생님이 "언젠간 역사에 길이 남을 유력 정치가! 쯤 되는 거 아닐까?"라고 농담처럼 말했던 것이다. 그는 웃으며 부정하고, 생각했던 진로를 내비쳤던…… 것 같다. 기억이 애매해서 조금 자신이 없지만.

"교토에서 4년, 그 외에도 몇 년 정도 여기저기서 배우고 석사까지는 땄다네. 즐거웠지. 아내와 결혼한 것도 그 무렵이었네. 도쿄에 돌아올 때마다 만나기는 했지만…… 일편단심인 여성이라 말일세. 가난뱅이 연구자의 길만 달려가던 나를 몇 년이나 기다려주었다네."

"치도리에게는, 그녀가 고등학교 때부터 선배를 흠모했다고 들었습니다."

자기도 모르게 카나메의 옛날 성이 나와버렸다.

"그랬나. 뭐, 그렇겠지. 나에게는 과분한 사람이야."

하야시미즈는 그렇게 말하고는 커피를 마시며 잠시 생각에 잠겼다.

"평범한 결혼이라면 아무 문제도 없었겠지만, 그녀 쪽의 **가업**은 알고 있지 않나? 미키하라 조직은 임협단체(任侠團體)라고는 해도 지정폭력단은 아니고, 여러 가지 관습이 남은 구식 집안이라고 할 수 있지. 데릴사위가 되었어도 딱히 상관은 없었네만…… 장인어른이 그럴 필요는 없다면서 고집을 부리셨다네."

"그 조장 말입니까……."

렌의 아버지를 떠올렸다. 당시부터 병치레가 잦았다고 하고, 그 후로 20년이나 지났으니 어쩌면──

"아닐세, 건재하시다네. 손주를 보자마자 거짓말처럼 정정해지시더군."

"아, 그랬군요. 그거 다행입니다."

소스케는 얼빠진 목소리를 내고 말았다.

"미키하라 가의 건설업도 접어야 하나, 하는 이야기가 나왔다네. ……나왔는데, 회사가 여기저기 빚을 져서, 토지나 집을 전부 팔아치워야 할 판이더군. 장부를 보니 정신이 아득해지던걸. 그래서 시바타 씨 같은 분들의 부탁으로, 내가 **돌봐주게 됐네**. 어디까지나 사장은 아내고, 나는 몇몇 실무 부분만 봐 달라는 얘기였네만……."

"그걸로 끝나지 않았군요."

"나도 모르게 그렇게 되더군. 회사를 계속 살리려면 규

모를 확대하면서 효율화를 추진할 수밖에 없었어. 이것저 것 필사적으로 해나가는 사이에 박사 논문도 중간에 내팽 개쳤네. 지역 동종업자들에게서는 '제8대 미키하라 조장' 이라 불리기까지 하고 말일세. 정말 창피한 노릇이지."

하야시미즈는 자조하듯 한숨을 쉬었다.

"……어, 아니. 지금 얘기는 아내나 사원들에게는 비밀 로 부탁하네. 신경 쓰게 하고 싶지 않거든. 자네 얼굴을 보 니 나도 모르게 푸념을 하고 싶어지는군. 왜일까."

"오히려 외부인이라 그렇겠지요. 어느 정도는 이해합니다."

"응. 그럴지도 모르겠어. 굉장히 편한 기분일세."

소스케와 하야시미즈는 조용히 웃었다. 이런 식으로 웃 음을 나눌 수 있는 날이 올 줄은 생각도 못했지만, 어쩌면 하야시미즈는 이것을 예상했는지도 모른다. 고등학교에 있을 수 없게 되었는데도 '인생은 계속되는 법'이라고 말했 던 그의 혜안을 떠올렸다. 정말, 겨우 18세밖에 안 되었을 텐데. 하야시미즈에게 경의를 느꼈던 것은 단순히 학생회 장이었기 때문이 아니다. 좀 더 다른 무언가가 있었다.

"자네는 어떤가? 부인 푸념이라면 들어주겠네."

두 사람은 다시 웃었다.

"아내에게는 전혀……. 저에게는 과분한 여성입니다. 이 제 건강하기만 하면. 정말로 그게 다입니다."

하야시미즈는 감도 좋다. 그 한 마디만으로 무언가를 눈 치챈 모양이었다.

"건강, 이라고 하면? 물어봐도 괜찮나?"

"아……. 아뇨, 이제는 다 나았습니다. 몇 년쯤 전에…… 그, 백혈병의 일종이었는데."

긴 침묵.

"분명…… 그녀의 어머님은 타계하셨지. 같은 병이었나?"

"그랬다고 합니다. 유전성은 아니었을 텐데……. 잘은 모르겠습니다. 다만 지금은 좋은 약이 있다고 해서…… 이제는 나았다고 해야 하나…… 관해(寬解)라고 하던가요? 아무튼 걱정할 필요는 없다고 합니다."

작년까지 가족이 뿔뿔이 흩어져 있었던 것도 그것이 주된 이유였다. 약물요법은 미국의 한정된 병원에서만 가능해, 카나메는 호위병과 함께 4년 가까이 입원과 퇴원을 반복했다. 그동안 소스케는 나미를 데리고 이곳저곳을 전전했다. 당시 야스토는 어렸으므로, 여유가 있을 때는 카나메와 살고, 그렇지 않을 때는 옛 전우의 가족에게 맡겼다. 네 사람이 한자리에 모이는 것은 1년에 몇 번 정도밖에 없었다.

"그렇군. 관해했다면 다행이지만, 오늘 처음 들었네. 렌도 모르고 있지 않나?"

"예. 아마 도쿄의 옛 친구들은 아무도 모를 겁니다. 걱정 끼치고 싶지 않았을 테니."

"힘들었겠군."

"아닙니다, 저는……. 고생 같은 건, 어제오늘 시작된 것이 아니니. 아이들은 괴로웠겠지만요."

하야시미즈는 몸을 내밀어 소스케의 어깨를 가볍게 두드려주었다. 유들유들하지는 않은, 아주 짧은 행동이었지만 지난 몇 년을 위로받은 기분이 들었다.

"감사합니다……."

"장인어른 일이 있어서, 조금은 이해하네. 가족의 병이란 건 힘들지. 보이지 않는 피로도 그렇지만, 무력감이 말일세. 스멀스멀 골수에 사무치잖나."

바로 그랬다.

그때까지만 해도 소스케는 무슨 일이 있든 그녀를 지켜낼 생각이었다. 자신에게는 그럴 힘이 있다고 믿었다.

하지만 병 앞에서는 완전히 무력했다.

총도 폭탄도, 기동 병기도—— 병에는 아무짝에도 쓸모가 없었다. 의사가 시키는 대로 기도나 할 수밖에 없었다. 적어도 자기의 운명은 자기 스스로 헤쳐 나왔던 그에게, 그것은 큰 패배였다.

자신은 무능하다.

그녀가 나미를 가졌을 무렵부터 그런 생각이 있었다. 몸이 무거운 카나메에게 그가 해줄 수 있는 일은 많지 않다. 출산도 난산이었다. 카나메가 밤새 괴로워하다 겨우 딸이 태어났을 때는 감동보다도 안도가 더 컸을 정도였다. 그때도 그는 아무것도 할 수 없었다(손을 잡아주고 격려해주기는 했지만, 방해되니 나가라는 소리나 들었다. 카나메는 그 사실을 전혀 기억하지 못했지만).

출산 건은 그나마 웃으며 이야기할 수 있지만(?), 아무튼 그녀가 살아가며 맞닥뜨리는 어려움을, 자신은 조금도 누그러뜨려 줄 수 없었다. 무슨 일이 생길 때마다 그 사실을 깨달았다.

패밀리 레스토랑에서의 아르바이트도, 직접적인 관계는 없지만, 그런 기분의 연장선상에 있었다.

"선배도 느끼신 적이 있습니까? 그……."

"무력감 말인가? 글쎄. 사람이 성실하게 살아가다 보면 많든 적든, 어떻게도 할 수 없는 일에 직면하는 법이니까. 아까도 말했지만 나도 경영자라는 자신에게 만족하고 있는가 하면……."

하야시미즈는 어깨를 으쓱했다.

"그럴 리가 없지 않나. 아내나 장인어른이나 많은 사원을 구했던 건 뭐, 다행이지만. 정말 하고 싶었던 일은 완전히 멈춰버린 채라네. 사실은 오늘도 박사 논문을 쓰고 있었지. 후배가 재촉해서. 10년 동안 내팽개쳐놨던 논문이라네. 그런데 두 시간 고민해서 세 줄 정도밖에 못 썼지 뭔가. 게다가 완성한다 쳐도 연구를 계속 할 수 있을지는 알 수 없고, 시간 강사 자리라도 나올지 어떨지는…… 뭐, 해보지 않고선 모르는 일이네만."

"아직 될 수 있는 겁니까? 연구자가."

"그러니까, 모르는 걸세. 세 줄밖에 못 썼으니까. 이게 내 최근의 무력감이라네. 하하…….”

쓸쓸한 웃음소리였지만, 소스케는 그 모습에 이상하게
도 격려를 받은 기분이 들었다.

하야시미즈 아츠노부는 철두철미하게 하야시미즈 아츠
노부였다.

아무 망설임도 없이 경영자로서 대성공했다거나 연구의
길에 매진하고 있었다면 이런 해학, 모종의 유머는 나오지
않았을 것이다. 지금의 소스케와 이런 식으로는 이야기를
나눌 수 없었을 것이다. 인생의 잘 풀리지 않는 부분마저
도, 정말로 그답다. 그리고 지금도 여전히 소스케의 ‘선배’
였다.

“다시 만나서 좋았습니다. 정말로.”

“나도 그렇다네.”

○ ○ ○

그날은 렌의 예정도 있었으므로 적당히 파장했지만, 조
만간 식사라도 하자는 이야기가 나왔다. 하야시미즈 부부
의 딸—— 아오이와 야스토는 겨우 1시간 정도 놀았을 뿐
이었는데 묘하게 친해졌다. 아오이 쪽이 누나 행세를 하며
야스토를 리드하려는 모습이었다고 한다.

쇼룸 앞에서 헤어져, 소스케네 가족은 저녁의 쇼핑몰을
걷고 있었다.

"야스토~ 아오이 착한 애였지? 계정은 받았어? 엄마 응원할게."

"됐다고. 그런 거 아니라고."

아줌마처럼 말하는 카나메에게, 야스토는 무뚝뚝한 태도를 보였다. 귀까지 빨개진 것은 지적하지 않기로 했다.

"하지만 몰래 받았어. 누나는 다 봤어."

"누나!"

"연락하는 건 좋다만 알에게 확실하게 보고해둬라. 안 그러면 아오이의 정보를 모조리 조사해버릴 거다."

"아…… 맞다. 이미 늦었으려나."

야스토는 미니 태블릿을 꺼내 황급히 메시지를 입력했다.

기본적으로 인터넷 쪽 보안은 카나메의 부하가 보고 있다. 그러나 그것과는 별도로 소스케의 옛 '전우'도 인터넷에 달라붙어 있으며, 특히 나미와 야스토의 안전에 눈을 빛내고 있다. '전우'의 본체가 어디에 있는지는 야스토도 모를 테지만.

에스컬레이터를 탔을 때, 카나메가 물었다.

"어때, 하야시미즈 선배하고는 얘기 잘했어?"

"그래."

조금 망설인 후, 소스케가 말했다.

"네 병에 대해 이야기했다."

"……그랬구나."

"선배에게는 괜찮지?"

"응."

카나메는 내려가는 에스컬레이터의 앞쪽에 타고 있었다. 잠시 소스케를 돌아보고는 그의 허리 언저리를 꼬옥 안았다. 에스컬레이터가 2층에 닿을 것 같았으므로 금방 떨어졌다.

"이야기를 나눠보고 알았지. 선배는…… 대단하다."

"뭐래."

카나메가 웃었다.

"아니…… 어째서인지 그런 생각이 들었다. 건실한 사람이랄까…… 나는 그렇게 되지는 못하겠지만……."

"그건 동경이네. 당신에게는 평화의 상징 같은 사람이니까."

"아아…… 그런가. 그럴지도 모르겠군. 그래서였나."

"옛날부터 그랬어. 대단한 사람이야."

자신의 마음속에서 정리되지 않은 생각을 아내는 금세 정리해주었다. 정말 당해낼 수 없겠다고 소스케는 생각했다.

"오늘은 어째 피곤하네. 유니클로는 다음에 들르고 오늘은 그만 가자."

"서점……."

나미가 미련스레 말했다.

"그럼 나미는 서점 다녀와. 난 마트에 들를게. 달걀이랑 우유도 사야 해. 그리고 양파하고, 또 모자란 게……."

네 사람은 2층의 홀에 있었다. 그곳에서 소스케는 홀의 반대편, 화장실로 이어지는 통로의 벤치에 그 어설픈 강도 사내가 앉아있는 것을 발견했다.

가방에 손을 넣고는, 무언가를 꺼내려다, 고민하며 집어넣고, 그것을 반복했다. 저건—— 부엌칼인가? 그러고 보니 아까는 주방용품 가게에 들어가고 있었지. 부엌칼을 훔쳤는지 샀는지는 모르겠지만, 글록 에어건보다는 제대로 된 무기라 할 수 있다.

설마 여기서 강도짓을 할 생각인가? 옆에 있는 시계방을 노리는 건가. 뭐, 새벽의 패밀리 레스토랑보다는 훨씬 돈이 많겠지. 아무래도 보기보다 심각한 모양이다. 어쩌면 약물의 금단증상일지도 모른다.

"아빠, 왜 그래?"

나미가 물었다.

"아니……."

내버려두자. 조금 전에도 생각했지만, 자신과는 상관없는 일이다. 자신은 당연히 정의의 사도가 아니다. 시시한 강도에게 얽혔다가 진짜 적을 끌어들이면 그게 더 성가시다.

하지만.

하야시미즈와 만나 이야기를 나눈 후, 소스케의 마음속에서 조그만 변화가 생겨났다. 정말로 사소한 것이지만, 자신의 지금 위치가 전보다도 더욱 잘 보이게 된 것 같았다.

아무래도, 역시, 자신은 거친 일 쪽이 맞는 것 같았다.

학자가 되고 싶은 사내에게 경영자의 재능이 있었듯. 자신도 웨이터 따위가 아니라, 이미 받은 카드를 가지고 해나갈 수밖에 없다. 당연한 이야기지만.

그렇다고 저 강도를 어떻게 할 이유는 없다. 없는데——.

"부엌칼은 위험하니까……."

게다가 저 남자를 한번 놓아주었던 것은 자신이다. 어느 정도의 책임은 있다.

홀 한구석에는 변장한 테디와 호위반이 있었지만, 그들에게 잡아달라고 부탁하는 것도 도리가 아니다. 그것은 그들의 일이 아니다.

"다들, 미안하다. 어쩌면 또 이사를 가게 될지도 모르겠다……."

소스케는 짧게 사정을 설명했다. 가족은 처음에는 어이없어했으나, 이내 이해해주었다.

"그…… 강도? 설득은 할 수 없어?"

카나메가 말했다.

"일단 설득은 해볼 생각이지만…… 아아, 안 되겠군. 시계방으로 들어갔다. 부엌칼을 들고. 눈이 심각하군……."

"내버려 두면 안 돼. 빨리 가."

나미가 말했다.

"해치워버려."

야스토가 말했다.

카나메는 한숨을 쉬었지만, 몇 번 고개를 끄덕이고 말했다.

"으음~ 뭐…… 어쩔 수 없겠네."

"고맙다. 그럼 다녀오겠다."

소스케는 빠른 걸음으로 사내의 뒤를 따라 고급 시계방으로 들어갔다.

부엌칼을 손에 든 사내가 "돈 내놔!"라고 소리를 지르고 있었다. 매장 직원들은 놀라 움직이지 못했다. 소스케는 그의 뒤로 성큼성큼 다가가, 마법처럼 부엌칼을 빼앗고 사내를 바닥에 짓눌렀다.

"집에 돌아가서 자라고 했을 텐데."

사내는 비명을 질렀다.

너무나도 신속했기 때문에 소스케 쪽을 강도라고 착각하는 손님까지 나왔을 정도였다.

○ ○ ○

습격 팀은 '도팽(돌고래)'과 8명 플러스 4명, 도합 13명으로 편성되었다.

4명은 아파트 최상층의 현관으로 돌입하는 중무장 팀. 4명은 옥상에서 라펠 강하해 창문을 깨고 돌입하는 경장 팀. 나머지 4명은 바로 후방의 예비인원.

돌입 후에 목표 'K'를 탈취하고 1층까지 이동, 아파트 앞에 대기 중인 차량으로 옮긴다. 'K'는 약물로 재워 화물 속에 숨겨, 하네다 공항에 대기 중인 비즈니스 제트기에 싣는다. 그것으로 임무는 끝난다.

한번 임무에 실패한 도팽에게는 이제 기회가 없었다.

고용주가 그 여자—— 'K'를 왜 원하는지는 모른다. 관심도 없다. 도팽이 의뢰를 받아들였던 것은 오히려 그 유명한 사가라 소스케에게 도전할 수 있기 때문이었다. 수많은 테러리스트며 킬러와 대결해 모두 물리쳤던 전설의 용병. 수십 명이나 되는 적을 단신으로 쓰러뜨린 적도 있다고 들었다. 그런 사가라 소스케를 쓰러뜨릴 수 있다면 자신의 커리어는 확고해질 것이다.

문제는 시간과 정보가 부족하다는 점이었다.

해당 아파트의 최상층 조감도는 입수했지만, 내부의 사진까지는 무리였다. 하다못해 2, 3일만 더 있었다면 실내의 정보를 조금 더 입수했을 테고, 상하수도나 전기 배선에 잔재주를 부리는 것도 가능했으리라. 하지만 그럴 시간이 없었다. 사가라 소스케와 'K'의 가족은 며칠 안으로 다시 모습을 감춰버릴 것이다.

애초에 이번에 소재가 드러난 것도 운이 좋았기 때문이었다.

'카자마 소스케'라는 인물이 쇼핑몰에서 강도를 사로잡았던 것은 뉴스가 되지 않았다. 그러나 많은 동영상이 경찰 서버에 보존되어 있었던 것이다. 그 서버는 개발도상국의 비리 경찰 수준으로 보안이 허술해, 고용주의 감시 AI 시스템에게 즉시 발견되었다. 카자마 소스케의 주소는 금방 밝혀졌다. 경찰의 감사장까지 PDF로 남아있었을 정도였다(일본의 경찰은 감사장을 남발하는 것으로 유명하다. 예산 부족 때문이라고 한다).

새벽녘. 바다에 인접한 동쪽 하늘이 부옇게 밝아왔다. 고감도 마이크로 포착한 음성에 따르면 사가라 일가는 잠들어 있다.

도펭은 각 팀에게 돌입 준비를 명령했다. 그녀 자신은 중무장 A팀을 따라가 전체를 지휘했다.

A팀 준비 완료. B팀 준비 완료. 예비 팀 준비 완료.

"전 팀 돌입. GO! GO! GO!"

우선 중무장 팀이 움직였다. 현관문을 성형작약(shaped charge)으로 세 토막 내고, 동시에 2명의 돌입요원이 실내에 발을 들였다. 폭탄처리반이 사용하는 방폭복에 방탄 세라믹 플레이트를 덧댄 보디아머 차림이었다. 일반 라이플탄 정도는 완전히 막을 수 있다.

저항은 없었다. 우선 현관 에이리어를 제압.

이어서 B팀이 창문을 깨고 실내로 뛰어들었다. 커튼에 걸려 잠시 우물거리는 인원도 있었던 것 같지만 이쪽의 4명도 돌입에 성공.

A팀과 B팀은 카빈을 이리저리 겨누며 재빠르게 각 방을 돌았다. 정말 넓은 아파트였다.

저항은 없었다. 적의 모습도 없었다. 아이들도 없었다. 그뿐 아니라 그 아파트에는 가구도 거의 없었다. 허술한 파이프 책상 위에 놓인 무선 스피커에서, 잠든 사람의 숨

소리가 흘러나오고 있을 뿐이었다.

"이상하군. 어떻게 된──."

도팽은 그제야 겨우 깨달았다. 각 방의 천장── 보통은 조명기구가 있어야 할 곳에, 커다란 휘발유 통이 달려 있었던 것이다. 두세 개 정도가 아니었다. 모든 방, 모든 천장에 있었다.

"위험하다. 탈출해. 지금 당장──."

천장의 휘발유 통이 작렬했다.

폭약은 소량이었으나 휘발유 통 안의 순간경화액이 거품을 일으키며 실내로 쏟아졌다. 탈출이고 뭐고 불가능했다. 돌입 팀은 대량의 거품을 뒤집어쓰고 미끄러지거나 넘어졌으며, 몇 초 뒤에는 딱딱하게 굳어버렸다. 이래서는 중장 보디아머 따위 아무짝에도 쓸모가 없다.

도팽 또한 넘어질락 말락 하는 묘한 자세로, 왼손을 통신기에 내민 채 굳어버렸다. 거품은 우레탄처럼 굳어 얼굴에까지 달라붙었으므로 거의 호흡을 할 수 없었다. 코언저리에 겨우 생겨난 틈새로 숨을 쉬는 것이 고작이었다. 경장 팀의 한 사람은 거품과 함께 바닥에 엎어진 채 굳어버렸으므로 이대로는 질식사해버릴 것이다.

"바깥의 4명도 제압했다. 이게 전원인가."

등 뒤에서 목소리가 들렸다. 사가라 소스케의 목소리인 것은 확실했지만, 도팽은 돌아볼 수도 없었다.

"말을 못 하겠군. 기다려라."

사가라가 무언가 병에 담긴 약품을 천에 적셔 도팽의 얼굴을 닦았다. 경화된 거품이 부슬부슬 허물어졌다. 유기용제인지 뭔지의 지독한 냄새가 났지만, 겨우 제대로 숨을 쉴 수 있게 되어 그녀는 금붕어처럼 입을 뻐끔거렸다.

"신체를 구속하는 데에는 편리하지만요. 이거 잘못하면 질식하겠네요, 역시."

사가라와 함께 나타난 사내가 말했다. 사가라의 부하인 모양이다. 다른 습격 팀 요원의 얼굴에서도 우레탄을 제거해 구해주고 있다. 총을 빼앗는 것도 잊지 않는다.

"또 너로군. 어…… 바르단(우엥)이었던가?"

도팽의 얼굴과 스마트폰의 정보를 번갈아 비교해보고 사가라가 말했다.

전에 오미야에서의 작전에 실패하고 사로잡혔을 때, 신원을 철저히 조사당했다. 본명도, 경력도, 하나에서 열까지. 거기에 자백제까지 맞아 별별 쓸데없는 부끄러운 일까지 말해버렸다.

"전에 풀어주면서 경고했을 텐데. 기억하나?"

두 번 다시 나타나지 마라. 그렇지 않으면 다음에는 양 & 헌터 사의 시크릿 사이트 '이번 달의 패배자 정보'에 본명 및 기타 등등과 함께 사로잡혔을 때의 사진을 공개하겠다, 라고. 이 짓을 당하면 용병(특히 고액 에이전트)으로서의 커리어는 거의 끝장이 난다.

"……죽여라."

"두 번째다. 공개할 거다, 바르단. 전 남자친구와 헤어진 경위며, 자백제에 맛이 갔을 때의 이상한 얼굴 동영상까지."

"죽여! 제발 죽여주세요!"

"안 돼. 죽이는 건 애들 교육에 안 좋다. 절대 죽이지 않는다. 하지만 사회적으로는 죽이겠다."

"악마!"

"뒷일을 부탁한다, 러스트벨트."

"네~."

그 자리의 뒤처리를 부하에게 맡기고, 사가라는 도펭의 앞에서 떠나갔다.

○　○　○

성형작약에 날아가 버린 현관을 지나, 비상계단으로 한 층을 내려간 소스케는 자기 집으로 돌아갔다. 역시 방을 두 층 확보해두면 이럴 때 편리하다.

바로 아래층까지 소음이 들렸는지 카나메와 나미는 일어나 있었다. 야스토는 기분 좋게 자고 있다. 의외로 거물일지도 모른다.

"끝났어?"

거실의 공연히 큰 소파에서 하품을 하며 카나메가 물었다.

"전부 생포했다. 또 헬리오테크였다."

"아~ 그 회사는 라이벌 회사에서 이것저것 공격을 당해서 지금 위험하거든. 그래서 정신이 나갔던 걸지도."

헬리오테크는 테크 계열 대기업이다. 북미와 유럽을 거점으로 삼고 있다.

"어쨌거나 슬슬 보복은 하는 편이 좋을 거다. 헬리오테크 간부들의 차량을 모조리 한 대씩 파괴한다거나."

그런 놈들은 좋은 차를 가지고 있다. 50만 달러쯤 하는 차도 흔하다. 본보기로 파괴해주면 꽤 오랫동안 얌전해질 것이다.

카나메도 소스케도 당하고만 있지는 않는다. 부하도 있다. 무력도, 자금도 있다. 아군 조직도 연줄도 있다. 그저 도망만 다니는 고등학생이었던 것은 과거의 일이다.

"차라…… 차에는 죄가 없으니까 좀 그런데."

"하지만 효과적이다. 의외로."

"뭐…… 생각은 해볼게. 그래도 지금은 이사부터 해야지. 다음엔 어디로 할까?"

옆에서 꾸벅꾸벅 졸던 나미에게 물었다.

"어디든 좋아……. 엄마랑 있으면……."

그렇게 말한 나미는 카나메를 안으며 상체를 기댔다. 이제는 어머니와 키도 비슷해졌는데 아직도 곧잘 어리광을 부린다. 카나메는 나미의 머리를 부드럽게 쓰다듬어주었다.

"고마워, 나의 나짱. 우후후……."

어렸을 때 나미의 1인칭을 말한다.

"졸릴 텐데 미안하지만 당장 출발한다. 이사 세트 B를 들고 5분 후 현관으로 집합."

소스케는 두 사람에게 말하고, 자는 야스토를 깨우러 갔다. 양 & 헌터에서 사용하는 세이프하우스 하나가 칸다에 있다. 우선 그곳으로 이동할 생각이었다. 이 타워 아파트와도 작별이다.

야스토는 좀처럼 잠을 깨지 못해, 결국 소스케가 업어서 데리고 나와야 했다.

'이사 세트 B'는 필요최소한도의 짐 플러스 알파 정도를 배낭에 욱여넣은 것이다. 그 외의 신상용품은 가능하다면 나중에 테디나 부하들이 회수해줄 것이다.

네 사람은 지하주차장에서 방탄 사양 SUV를 타고 타워 아파트를 떠났다.

그 직후, 야스토가 눈을 뜨고 말했다.

"쉬 마려."

"참아라."

"못해……."

"하는 수 없군."

가장 가까운 편의점 앞에 정차했다. 그 강도 사내가 소스케의 패밀리 레스토랑 다음으로 습격했던 가게다. 야스토와 화장실을 빌리러 가 있는 동안, 만에 하나를 대비해 나미에게 산탄총을 건네주었다. 괜찮을 거라고는 생각하지만, 가게 안에서는 차가 보이지 않게 되므로 아무래도 걱정이 들었다.

'아무래도 걱정이 들어서', '어디까지나 만에 하나를 대비해' 같은 동기로 나미에게 총을 들려주는 일이 잦아졌다. 사정은 알고 있으니 카나메도 강하게 반대는 하지 않는다. 소스케도 좋지 않다고는 생각하지만…….

겨우 한 달 남짓한 기간 동안, 벌써 두 번이나 집에서 쫓겨나는 것도 우울했다. 하야시미즈 일가와 연락하지 못하게 되는 것은 아니지만 한동안은 삼가는 편이 좋으리라.

야스토가 볼일을 마치고 나왔다.

"가자, 서둘러라."

그렇게 말하고 편의점을 나오려 했을 때, 소스케는 가게에서 어떤 물건을 발견했다.

"잠깐만, 이건…….."

칼로리 메이트 과일 맛이었다.

생산이 중단되었다고 들었는데. 자기도 모르게 발을 멈추고 손에 들었다. 유통기한으로 보건대, 틀림없다. 재발매된 것이다!

재발매!

"아빠, 서두르라며?"

"서두르지만, 이건 산다."

소스케는 박스로 구입하고 싶은 충동을 억누르고 과일 맛을 2개만 계산대로 가져갔다.

계산을 마치고 야스토와 함께 빠르게 차로 돌아갔다. 조수석에서 기다리던 카나메가 의아한 표정을 지었다.

"왜 싱글거려?"

"인생은 의외의 연속이군."

"무슨 소리?"

"멋진 일도 가끔은 일어나는 거다."

과일 맛을 한 입 깨물며, 소스케는 차를 발진시켰다.

제3화 카나가와 현 가마쿠라 시의 바닷가 저택

17년 전——

치도리 카나메는 무적이었다.

그렇다기보다 20대 초반의 여자는 모두 무적이다. 그야 이틀 정도는 밤을 새워도 괜찮은 체력이 있는 시점에서 무적이다.

두뇌도 인생에서 가장 하이스펙인 시기였을지도 모른다. 그리고 두려움도 몰랐다. 게다가 그녀는 도피 생활을 하는 동시에 창업도 해서, 이미 불편함이 없는 생활을 보낼 만큼의 자산을 확보했다.

게다가, 게다가—— 카나메에게는 대연애 끝에 맺어진 연인이 있다. 그 연인은 아마 세계에서도 최강 클래스의 용병이며, 3~4개 국어를 할 수 있고, 초 성실해서 바람피울 걱정 따위 절대 없고, 항상 그녀를 제일로 생각해준다. 결혼은 아직이었지만, 이미 거의 부부 같은 상태였다.

이것을 무적이라고 하지 않고 뭐라 하겠는가?

이 무렵에는 실리콘밸리에 살았다. 자신을 노리는 기업 바로 뒤에 있는 아파트에 살며, 그 기업의 간부가 카나메의 행방을 모르겠다느니 대화하는 것을 연인과 도청하며 파스타를 먹고 와인을 마시고(그는 마시지 않았지만) 콧냥거릴 만큼 기운이 넘쳤다.

그러나 그러던 어느 날, 그녀는 느닷없이 무적이라고 할 수 없게 되었다.

어느 순간—— 생리가 늦어져, 만에 하나를 대비해 사두었던 임신 테스트기를 써보고, 양성임을 확인한 순간부터였다. 그 순간, 정말로 느닷없이, 모든 우선순위가 뒤바뀌고 말았다.

양성. 떠오르는 것이 너무 많아 머릿속이 새하얘졌다.

좋은 일이지만, 안 좋은 일이라는 생각도 들었다. 기뻐하는 자신과 심각한 자신이 있고, 두 사람이 뒤섞여 뒤죽박죽이 되었다.

일단 조심은 하고 있었는데, 뭐, 그래봤자 '일단' 정도였으므로 비난을 피할 수는 없다. 분위기 때문에 뭐, 그, 뭐. 아~ 역시 그때였나—. 제대로 안 했던 건 뭐, 송구스럽사옵니다 싶긴 하지만…… 그래도 젊은 두 사람인걸. 이럴 때도 있어야지! ……하는 분위기도, 분명 있었다. 게다가 그의 아이를 가지고 싶지 않았느냐고 하면…… 솔직히 엄청 갖고 싶었고. 그야말로 매번, 몸이 징징 원했다. 그도 마찬가지였고. 다만 시기가 아직 이르다고 생각했을 뿐.

그보다도, 이제 어떻게 한다?

회사도 조직도 아직 작고, 세이프하우스도 별로 없고, 이렇게 적들뿐인 장소에서 아이를 가질 수는 없고. 이사를 생각해야 한다. 게다가 태어나면 어느 나라에서 키우지? 일본이 좋겠지만 안전을 확보할 수 있을지 아직 모른다. 예방접종 같은 것도 나라에 따라 다를 것 같은데 어떻게 되지? 그리고 아기 침대라든가 기저귀라든가? 이것저것 필요할 거 아냐? 하나도 모르겠어. 그런 가게가 있나?

비실비실 화장실에서 나와 산부인과에 전화를 걸려 했을 때, 그가 뭐라고 말했는지도 기억이 나지 않는다.

다만 그도 기뻐해야 좋을지 어떨지 모르겠다는, 아주 복잡하고 미묘한 표정을 지었던 것만은 기억한다(나중에 그때의 심경을 그가 말하기로는 '미리 주문해두었던 병기가 겨우 도착했는데 시험사격을 해봤더니 어마어마한 위력에 지나치게 고성능이라 오히려 곤혹스러운 느낌'이었다고 했다. 무슨 말인지 도통).

아무튼 그 순간부터—— 정말로 큰일이었다.

하루하루, 1년 1년이 순식간에 지나갔다.

처음에 초음파 사진(……인간?)이었던 아이는 이윽고 배를 차댈 정도로 커졌고(자궁 내 폭력!), 배에서 나와(엄청나게 난산이라 힘들었다), 젖을 찾아 울고(그 외에도 오열하고), 아기 침대에서 굴러떨어질 뻔하고(한번은 실제로 떨어졌다), 인형을 사달라고 울며불며 떼쓰고(같은 인형이 집에 세 개나 있는데!), 그림책 읽어달라고 애원하고(피곤해서 졸려 죽겠는데 읽어줘야만 잔다), 그리고 나서야 겨우 손을 타지 않게 되었다(어마무지 귀엽고 책을 좋아하는 여자아이가 되었다).

하지만 그때 둘째가!

첫째 때만큼 당황하지는 않았고, 이번에는 "홋, 이것도 계획에 포함되어 있었지(끝판왕처럼)"라고 큰소리를 칠 만한 여유는 있었다.

하지만 그렇다고 둘째가 배 속에서 발길질을 살살 해주는 것도 아니고(진짜로 밖에서 발 모양을 알아볼 수 있을 정도의 자궁 내 폭력!), 출산은 의외로 원활했으나(편했던 건 아니다), 젖을 찾아 대오열하고(둘째가 더 심했다), 온갖 장소에서 굴러떨어질 뻔하고(잠시도 눈을 뗄 수 없었다), 인형을 사달라고 울며불며 떼쓰고(같은 인형이 집에 네 개나 있는데!), 유아용 앱을 깐 스마트폰을 손에서 놓질 않게 되고(그러다 태블릿이 되었다), 그리고 나서야 겨우 손을 타지 않게 되었다(어마무지 귀엽고 게임을 좋아하는 남자아이가 되었다).

그리고, 다음으로는 병이 찾아왔다.

이때는 즐거운 일이라곤 하나도 없었으므로 자세한 이야기는 생략하겠지만, 뭐, 어떻게든 저떻게든 죽지는 않고 버텼다. 의학의 진보 만세다.

그렇게 정신을 차리고 보니, 17년이 흘렀다.

그 순간── 임신 테스트기의 양성 반응을 보고 한숨을 쉬었던 순간으로부터, 그녀는 순식간에 사십 대를 바라보는 아줌마가 되고 말았다.

……라고 느낀 일이 최근에 있었다.

남편은 '아름답고 애젊다'고 하지만, 역시 손등을 보면 나이가 느껴진다. 삼십 대가 다가왔을 때는 하루하루가 바빠 이렇게 생각에 잠길 여유조차——.

"카나메 씨?"

올해 들어 네 가족의 생활을 재개하고 갑자기 자신의 나이를 생각하게 되어서——.

"카나메?"

슬슬 인생의 다음 단계를 생각하는 편이 좋을지도——.

"카나짱?"

카나메는 겨우 정신을 차렸다.

이곳은 도쿄 시내의 고급 호텔이다.

"아, 미안……."

그녀는 세 층을 터놓은 홀 구조의 광대한 라운지 한구석에 앉아있었다.

마음 편한 애프터눈 티를 즐기던 중이다. 푹신한 소파와 대리석 테이블. 은색 티 스탠드에는 스콘, 카나페, 그리고 작고 앙증맞은 디저트가 늘어서 있다. 바로 앞의 찻잔에서는 다즐링의 향기가 살짝 풍긴다.

그녀와 함께 앉아있는 것은 하야시즈 렌, 이나바 미즈키, 오노데라 쿄코 세 사람이었다.

고등학교 시절 친구 넷의 여자 모임이었다.

렌과는 얼마 전에 우연히 시내의 쇼핑몰에서 재회했다.

미즈키하고는 어쩌다 보니 이따금 만나곤 했다. 쿄코와는 전부터 채팅으로는 자주 이야기를 나누었지만 얼굴을 마주한 것은 오랜만이었다.

"너 무슨 일 있어? 넋이 나가서."

미즈키가 말했다.

"아~ 그냥 좀. 이렇게 다들 얼굴을 보니 감개무량해서. 20년 치 회상 모드에 빠졌어."

"왜 그래. 카나짱 이상해."

쿄코가 그렇게 말하며 웃었다.

"아니 하지만, 이 멤버로 만나는 건 진짜 오랜만이니까. 게다가 뭐랄까, 이렇게 훌륭한 호텔의 라운지에서. 거짓말 같아."

"그냥 애프터눈 티잖아. 이런 건 요즘에는 어디서나 하고 있는걸."

미즈키가 말했다.

"뭐, 언제든 부담 없이 올 수 있을 만한 가격은 아니지만…… 아하하."

쿄코가 쓴웃음과 함께 말했다.

카나메와 렌은 사장이고, 미즈키는 독신 귀족이라 1인당 8천 엔짜리 모임의 지출이라 해도 별 타격은 없다. 반면 쿄코만은 지극히 평범한 주부였다. 쿄코는 아이가 셋인데 제일 막내는 아직 네 살이다.

조금 애매한 분위기가 흘렀다.

"아, 미안미안. 기껏 모였으니까 가끔은 분발해야지. 전부터 와보고 싶었고."

쿄코가 오버하며 두 팔을 내저었다. SNS의 그룹 채팅으로 이 호텔을 제안했던 것도 그녀였기 때문이다.

"응. 나도 이런 데는 처음이야. 좋네……."

카나메가 중얼거렸다.

정면의 통유리창 너머에는 연못 딸린 정원이 펼쳐져 있었다. 전통풍이지만 현대적인 감각이 더해져, 물의 파문이 라운지에 복잡한 음영을 드리우고 있었다.

"카나메 씨, 별로 안 와 보셨나요? 이런 데는."

렌이 말했다.

"응. 일 때문에 사람 만나는 건 부하들한테 맡기니까. 애들이 있으면 말야. 역시 그럴 시간이 없잖아."

"하기야 개인적인 일로 오지는 않죠……."

"이 멤버니까 즐겁지만, 이렇게 화장하고 쫙 빼입고 전철 탈 시간이 있으면 집에서 포테이토칩 먹으면서 멍때리고 싶다고~."

"맞아~!"

쿄코가 깔깔 웃었다. 렌도 조심스레 웃으며 끄덕끄덕 수긍했다. 단 한 사람, 독신이며 아이도 없는 미즈키는 그다지 웃지 않았다.

또 잠시 미묘한 분위기가 흘렀다.

"……다들 힘들겠다아. 나만 편해서 미안하네. 어제도

회사의 젊은 애랑 바에서 한잔했고."

미즈키가 약간 자랑하듯 말했다. 오히려 그녀 나름대로 신경을 써준 것이리라.

"남자애?"

쿄코가 눈을 빛냈다.

"맞아~ 열 살 아래에 엄청 잘 생겼어. 일이 잘 안 풀린다길래 이야기 들어줬거든."

"오오……! 미즈키 선생님!"

"근데 요즘은 그런 것도 성희롱에 해당하지 않나~?"

카나메가 짓궂게 말하자 미즈키는 짐짓 부루퉁한 표정을 지었다.

"그쪽이 먼저 제안한 거니까 OK라구."

"그래서…… 술만 드셨나요?"

렌도 약간 장난기가 동해 물어보았다. 옛날의 그녀 같았으면 생각할 수 없는 일이라 카나메는 한순간 ——아주 조금—— 굳었다.

"……응. 아니 당연한 거잖아. 훌쩍대는 주정뱅이 달래주고, 택시 태워 보내주고. 그게 끝이야."

"호오. 미즈키는 그런 데선 확실히 선을 긋는구나."

"어른스러워~!"

카나메와 쿄코가 놀렸다.

"그야 어른이니까. 아니 그치만 내일모레 마흔이라고. 선 넘고 그런 거 애초에 없다고."

"하지만 이나바 씨는 멋진 분인걸요. 제가 그 후배였다면 분명 내버려 두지 않았을 텐데."

"하하, 고마워. 뭐, 회사 후배는 그렇다 치고, 어디 괜찮은 남자 없나. 지금 싱글인데."

"죄송해요. 저도 그런 인맥은……."

"응. 오렌 양한테는 기대 안 했어. 하하하."

"나도 딸내미 다니는 어린이집 선생님 말고는……."

"쿄코한테도 기대 안 했어. 그리고 보육사는 전에도 사귀었어. 안 되겠더라. 하하하."

카나메는 농담을 하는 미즈키의 옆얼굴을 다시금 감개무량하게 바라보았다.

미즈키는 독신이지만, 이 멤버 중에서는 가장 연애 경험이 풍부했다. 20대부터 30대까지, 뭐, 이것저것, 나름대로 여러 남성과 교제했다고 한다.

그렇다기보다, 카나메를 포함한 세 사람이 별나다고 해야 할 정도였다. 고등학교 시절에 만난 상대와 그대로 골인이라니, 보기 드물다고 할 정도는 아니지만 역시 소수파일 것이다. 그런 사람이 셋이나 모였으니 미즈키로서는 소외감을 느끼겠지만, 이렇게 자학하는 역할을 스스로 도맡고 있다.

예전 같았으면 카나메가 맡았을 역할을 미즈키가 하고 있다. 카나메는 그 사실을 깨닫고, 세월의 무상함이며 인간적 성장 같은 것을 절실히 느꼈다.

그 후 한동안은 미즈키의 남성 편력 화제가 이어져 네 사람은 성대하게 이야기꽃을 피웠다. 한때는 가라테 동호회의 츠바키 잇세이와도 사귀었지만, 원거리 연애가 되어 곧 소멸했다나. 츠바키는 해상보안청에 들어가 열심히 근무해, 지금은 어느 부대의 장을 맡고 있다고 한다.

그야 카나메도 미즈키와는 꽤 자주 만났으므로 그런 경위도 들어서 알고 있었지만.

그 후로는 각자의 가족 이야기가 이어졌다. 쿄코는 첫째가 고등학교 입시를 앞두고 있어서 힘들다고 한다. 지망학교 중에는 진다이 고등학교도 있다나. 그리고 둘째인 남자아이가 요즘 성에 눈뜨기 시작했다는 이야기라든가, 막내가 푹 빠진 아동용 애니메이션 이야기라든가.

카나메에게는 그런 쿄코의 이야기 하나하나가 즐거웠다. 오히려 쿄코는 "이런 이야기 지루하지 않아?"라고 곤혹스러워했지만, 카나메가 "하나도. 더 해줘" 하며 졸랐을 정도였다.

순식간에 2시간이 흘러, 이 라운지에서의 티 파티는 파장하게 되었다. 계산을 마치고 호텔 입구까지 나와 카나메가 말했다.

"아~ 재미있었어! 아니, 더 얘기하고 싶은데. 적당한 카페라든가, 아니면 노래방이라든가."

그러자 쿄코가 쓴웃음을 지었다.

"그러고는 싶지만…… 보육원에 막내 데리러 가야 해서.

허흐흐."

"음~ 그런 건 남편한테 시키면…… 아, 그럴 수도 없구나."

"응. 학년주임이 돼서 바쁘니까……. 첫째는 학원에 다니고."

쿄코의 남편── 코타로는 선생님이다. 여러모로 책임이 늘어나는 연배이기도 해서 좀처럼 가사를 대신해줄 수가 없게 되었다고 한다.

"저도 회사 쪽에 일이……."

렌도 진심으로 아쉽다는 듯 말했다.

"그렇구나…… 할 수 없지."

"근데 카나짱은 괜찮아? 사가라 군이 집 보고 있어?"

"응, 맞아."

"사가라 군한테도 안부 전해줘. 다음에는……."

쿄코는 조금 말을 흐렸다.

"다음에는 카나짱 얘기도 듣고 싶은데."

"어. 아. 으, 응."

카나메는 그제야 자신의 이야기를 거의 하지 않았다는 것을 깨달았다.

"그럼 또 봐."

쿄코와 렌은 가까운 역으로 향하는 셔틀버스를 타고 갔다. 딱히 평생 못 볼 사이도 아니다. 손을 흔들어 인사하고 끝. 문자로 '슬픔에 몸부림치는 하얀 본타 군' 이모티콘 정도는 보내주었다.

"그러면."

그 자리에 남은 미즈키가 말했다.

"시간은 좀 이르지만, 어디 한잔하러 갈까?"

○　○　○

두 사람은 신주쿠 서쪽, 하츠다이에 있는 꼬치구이 집으로 이동했다.

홍차를 잔뜩 마신 탓에 별로 배가 고프지는 않았지만, 이런 부담 없는 가게에서 늘어지는 시간을 보내고 싶은 기분이었다. 이제 겨우 16시였으므로 가게 안은 한산했다. 그곳의 안쪽 자리에 여자 둘이 편하게 앉아 생맥주를 꿀꺽꿀꺽 들이켰다.

"아~ 최고……."

"응. 이거지 이거."

그렇게 말하며 둘이 깔깔 웃었다. 바지를 입고 왔으므로 다리를 쩍 벌린 채로.

언제부터였을까.

쿄코보다도 미즈키와 만나는 일이 더 잦아졌던 것은.

일본에 거의 없던 시기도 있었지만, 이러니저러니 해도 1년에 몇 번은 귀국했다. 쿄코와 연락은 나누었지만 아무래도 예정이 맞질 않아 잠깐밖에 못 만나거나, 만난다 해도 한두 시간 정도거나── 그런 일이 이어졌다. 피차 아

이가 있다 보니 어쩔 수 없었던 것이다.

그 점에서 미즈키는 독신이라 시간에 여유가 있다. 조금 급하게 귀국했을 때도 억지로 일정을 맞춰 가볍게 만나주었다.

그뿐 아니라 외국에서도 미즈키가 찾아와주는 일까지 있었다. 미즈키는 어떤 대형 출판사의 편집자라, 작가의 해외 취재 같은 데에 동행하는 경우가 많았던 것이다. 북미나 유럽에 있을 때는 출장을 겸해 카나메네 집에 찾아와주었다(아무리 그래도 브라질 오지나 알라스카 산속은 무리였지만).

"배는 안 고프지만 껍질구이 먹고 싶다. 그리고 닭꼬치. 카나메는?"

"나도 같은 걸로. 아~ 그치만 곱창전골 하나만 주문해줘."

"알았어. 어디⋯⋯."

미즈키는 스마트폰 내의 메뉴 화면을 꾹꾹 눌러 주문했다.

"그건 그렇고 쿄코는 힘들겠네. 카나메네 애들은 괜찮아?"

"응. 이젠 막내도 열 살인걸. 게임기 넘겨주면 하루 종일 내버려 둬도 돼. 소스케도 있고."

"그래. 하지만⋯⋯ 후후."

"왜?"

"아니, 사가라 군만 있으면 걱정했잖아, 옛날부터. 또 폭탄 터뜨리는 거 아닌가 하고."

"아아⋯⋯ 아니, 암만 그래도 지금은 그런 건 없어. 꽤 상식적이니까. 고등학교 때 같은 짓은 역시…… 안 하는…… 으음…… 역시 걱정되기 시작한다."

지난달에 토요스의 타워 아파트에서 쫓겨난 후, 사가라 가는 가마쿠라 방면으로 이사를 갔다. 이번의 가명은 '미키하라'였다. 늘 적당히 결정하기 때문에 이유 따위 전혀 없었지만, 오늘 '미키하라(옛날 성)' 렌을 만났을 때는 역시 너무 대충 지은 거 아닐까 싶어 미안한 기분이 들었다.

소스케와 나미, 야스토는 그 가마쿠라의 집에서 얌전히 있을 것이다(소스케는 따라오고 싶어 했지만, 카나메가 집을 보라고 명령했다). 호위병인 거한── 테디 군은 또 다른 부하와 꼬치구이 집 입구 언저리의 자리를 차지하고 앉아 가게 밖을 경계하고 있다. 미즈키는 테디 군 일행에 대해서는 전혀 알아차리지 못했다.

"뭐 괜찮을 거야. 가끔은 날개를 쉬고 싶은 거니까."

"닭꼬치니까 날개를 쉬고 싶다는…… 아니, 넘어가자."

"이런 데도 오랜만이네…… 진짜 3, 4년 만인지도. 어디였더라, 미즈키랑 갔던가? 진보쵸였나?"

"아~ 그때 이후 처음이야? 그럼 카나메하고도 오랜만에 본 거네."

"왠지 전혀 안 그런 거 같지만."

"그러고 보니 건강해진 거 축하해. 건배."

"아, 고마워."

마시다 만 맥주잔을 둘이 쨍 맞부딪쳤다.

"이젠 진짜 괜찮은 거지?"

"응. 괜찮아."

카나메의 병에 대해, 고등학교 시절 친구 중에선 미즈키만이 알고 있다. 걱정 끼치고 싶지 않아 쿄코나 다른 이들에게는 아직까지도 말하지 않았다.

"오늘 쿄코랑 렌한테 말할 줄 알았더니."

"고민했는데, 왠지…… 새삼스럽지 않나~ 싶어서. 오히려 말 안 했던 게…… 좀 죄책감도 들고……."

"아하."

"이러면서, 이러니저러니 해도, 점점 거리가 벌어지는 것 같아. 어떻게든 하고 싶지만……."

이제까지 쿄코와 무슨 일이 있었던 것은 아니다. 쿄코는 옛날과 전혀 달라진 것이 없다…… 아마도. 그야 나이에 맞게 차분해지기도 했고, 아이들의 어머니가 되기도 했다. 하지만 본질적으로는 그렇게 달라지지 않았을 것이다…… 아마도.

"친했으니까. 너하고 쿄코."

"응."

"나하곤 최악이었지만."

미즈키가 자조하듯 말하자 카나메는 소리 내어 웃었다.

"그랬어 그랬어. 진짜 최악!"

분명 당시 미즈키의 남친은 카나메에게 추파를 던지고 있었다. 여기에 원한을 품은 미즈키가 교내 곳곳에 카나메의 중상모략을 담은 낙서를 하고 다녔다. 고등학생의 시시한 다툼이라고 해버리면 그뿐이겠지만, 그런 두 사람이 그 후 20년 이상이나 친구가 되어 만나게 될 줄은 본인들도 예상하지 못했다.

"하지만 미즈키는 뭐랄까, 근본은 좋은 녀석이라고 생각했으니까."

"모르지. 지금도 인터넷에다 네 뒷담 쓰고 있을지도."

"너무해!"

둘이서 꺄하하 웃고 있으려니 주문한 꼬치구이가 도착했다. 배가 부를 텐데도 기름기의 향기가 유혹하는 대로 두 사람은 껍질을 아구아구 먹기 시작했다.

"뭔가 더 시킬까? 닭목살이랑, 닭완자랑, 모래집이랑, 그리고……."

"나도 같은 걸로~."

"맥주는?"

미즈키가 피처 잔을 두드리며 말했다.

"아—…… 그럼 한 잔만 더……. 아니, 아니, 참을래."

의사가 알코올을 금지한 것은 아니다. 가능하면 삼가라고 한 정도였다. 하지만 아들 야스토는 카나메가 술을 마시는 것을 별로 좋아하지 않는다.

"그럼 논알콜 맥주로 할래?"

"응. 요즘은 논알콜도 맛있더라."

미즈키가 주문을 마쳤다. 그녀는 평범한 생맥주를 주문

한 것 같았다.

그러고 보니 미즈키와 죽이 맞게 된 또 한 가지 이유가 술이었다. 원래 카나메도 와인이나 맥주를 좋아했지만, 미즈키는 그 이상으로 술고래였다. 어제도 직장 후배와 밤늦게까지 마셨다면서 이미 두 잔째에 들어가려 하고 있다.

"하지만 잘 참네. 훌륭하잖아."

"막내가 싫어하거든. 술에 취한 엄마는 야하다나."

"아~ 그거 알 거 같아. 키스쟁이 되잖아, 카나메."

"하하하. 키스에 굶주렸다구."

"남편하고 하든가."

"하고 있어. 매일. 잔뜩. 여기저기. 그래도 더 하고 싶어져."

"켁. 염장질이야?"

"응. 더 들려줄까?"

"그래. 어디 해봐."

미즈키가 한 손으로 이리 온 이리 온 하는 제스처를 보였다.

"나 소스케 진짜 좋아. 옛날보다 더 좋아하나 봐. 매년 호감도가 쭉쭉 올라가는 거 같아."

빈 피처 잔을 끌어안다시피 하며 카나메가 말했다. 그 모습을 보고 미즈키는 쓴웃음을 지을 수밖에 없었다.

"카아~! 진짜 나가 죽어! 아니 부정 탈 소리긴 하지만, 죽어!"

"안 죽어."

"뭐 나는 괜찮지만, 그런 얘기는 상대 봐가면서 해. 사람에 따라선 열 받으니까."

"응. 조심할게."

카나메는 선뜻 대답하고는 논알콜 맥주를 가져온 점원에게 빈 피처 잔을 내밀었다.

"그보다 미즈키는 어때? 좋은 사람. 요즘."

"아니, 으음―. ⋯⋯사실은 있지. 아까 말했던 후배 있잖아. 어제 고백해서⋯⋯."

"뭐야 그게?! 뭐야 그게?! 얘기해줘 얘기해줘!"

"이런 아줌마 놀리면 못쓴다고, 그러긴 했는데⋯⋯. 나도 모르게. 깜빡. 뭐 놀아주는 것도 좋지 않을까~ 하고. 사실은 아까, 낮까지⋯⋯."

"우오―! 뭐야 그거, 나이 생각 좀 해! 미즈키 선생님!"

결국 두 사람은 자리를 옮겨, 한 정거장 떨어진 하타가야에서 3차에 돌입해버렸다. 미즈키가 피곤해져서 겨우 파장하기는 했지만, 둘이서 22시 정도까지 바보 같은 이야기를 하며 시간을 보내버렸다.

○ ○ ○

해롱해롱하는 미즈키를 택시에 태우고 작별을 고하자, 그 직후 카나메의 앞에 새까만 방탄 SUV가 정차했다.

"이제 괜찮으시겠습니까, 마담?"

테디 군이 뒷좌석 문을 열고 말했다.

간선도로를 달려가는 택시를 흘끔 보았다. 카나메는 뭐라 말할 수 없는 아쉬움을 느꼈다. 이렇게 부담 없이 만나기는 했지만, 다음은 언제가 될지 하는 생각이 들었다.

"응. 돌아가자."

카나메가 뒷좌석에 올라탔다. 테디 군은 조수석으로 이동했다. 운전은 부하 한 사람이 담당했다. 그 운전수가 본 적이 없는 얼굴이었다. 20대 중반 정도 되는 여성이었다. 짧은 흑발이다.

"신입이야?"

"예. 도팽(돌고래)이라고 합니다. 잘…… 부탁드립니다."

여성이 대답했다. 지금은 까만 정장 차림이지만 몸짓이나 목소리가 어딘가 익숙했다. 테디가 설명했다.

"요전에 습격했던 그룹의 리더였던 녀석입니다. 갈 곳이 없다길래 고용했습니다. 저는 별로 찬성하지 않았지만…… 중사님이 상관없다고 하셔서."

소스케가 괜찮다고 했다면 괜찮을 것이다.

"그래. 잘 부탁해, 도팽."

"도팽이란 건 자칭입니다. 바르단(우엉)이라고 부르십쇼."

"저기, 그건……!"

"그럼 우엉 짱이네. 잘 부탁해, 우엉 짱."

"어…… 네."

테디 군과 우엉 짱은 차를 출발시켰다. 니시신주쿠에서

가마쿠라까지 가야 하므로 1시간 정도 걸릴 것이다. 바로 근처의 인터체인지에서 수도고속도로로 진입했다.

가족 단체 채팅방에『지금 신주쿠. 들어가고 있음』이라고 올리자 읽음 표시가 3건 나타나고, 소스케에게서『라저』라고 답신이 왔다.

딸 나미에게서는 엄지를 척 든 곰돌이 이모티콘이 왔다. 나미의 대답은 5, 6살 때부터 계속 이 이모티콘이었다. 딱히 신경을 쓰지는 않는 모양이었다. 냉큼 답장을 보내고 금세 독서에 몰두하는 나미의 모습이 눈에 선했다.

아들 야스토는 반대로 늘 다른 이모티콘을 보낸다. 오늘은 악마처럼 생긴 게임 캐릭터가 춤을 추는 이모티콘이었다. 이건……『OK』일까? 잘 모르겠다. 재미있지만. 그보다 이미 22시 반이다.『애들은 잘 시간』이라고 입력하고, 송신할까 하다가, 관두었다. 친구와 꼬치구이 가게며 바에서 시간을 보내놓고 이제 와서 엄마처럼 잔소리를 하는 것도 폼이 안 났다.

게다가 야스토라면, 아마 카나메에게서 돌아간다는 연락이 올 때까지 자지 않고 있었을 것이다. 예전에는 곁에 있어주지 않으면 잠을 못 자는 일이 자주 있었다. 요즘도 가끔 그런 경향이 있다. 집에 도착하면, 안 자고 있더라도 야단치지 않는 게 좋을 것이다. 분명.

뭐, 가족은 평소대로다.

스마트폰을 집어넣고, 카나메는 태블릿을 꺼내 이메일

을 처리했다. 그래봤자 비서 AI의 보고를 읽고 지시를 내밀 뿐이다. 카나메의 전용 AI로 '햄'이라는 이름을 붙여주었지만, 이것은 평범한 대규모 언어 모델일 뿐, 소스케의 파트너와는 시스템의 근간부터 다르다. 카나메가 보유한 기업 중 하나가 개발한 AI를 (풀 스펙으로) 개인적으로 커스텀해 쓰고 있다.

"마담, 피곤하지 않으십니까? 도착할 때까지 조금 주무시죠."

이것저것 바쁘게 일하는 그녀를 배려해 테디 군이 말했다.

"고마워. 그래도 괜찮아."

"뭔가 필요하시면 언제든 말씀해 주십시오."

"응."

업무도 금방 끝났다.

그러면.

집에 도착할 때까지 한 가지 정리해두고 싶은 것이 있었다.

쿄코의 일이었다.

미즈키도 말했지만, 사실은 오늘 자신의 병에 대해 이야기할 생각이었다. 렌도 모르는 듯했으므로, 그의 남편인 하야시미즈가 말하지 않았던 것이겠지.

그래도 뭐, 문제는 쿄코다.

딱히 비밀인 것도 뭣도 아니다. 그저 걱정 끼치고 싶지 않아 말하지 않았을 뿐이었다. 은근슬쩍, 스스럼없이, 기회가 오면 말할 생각이었다. 그리고 그 기회가 오질 않았다──.

쿄코. 제일가는 절친.

'절친이었다'고 과거형으로 만들고 싶지는 않았다. 어쩌다 육아며 뭐며 일이 많아 조금 소원해졌을 뿐. 그렇게 자신을 타일렀다.

카나메는 조금 긴 문자를 입력했다.

오늘은 고마워. 즐거웠어. 좀 더 같이 있고 싶었어. 얘기 듣고 싶었어. 남편 얘기나 애들 키우느라 고생한 얘기도.

그리고 전부터 말하지 않았던 일이 있는데, 사실은 나——.

나 있지, 쿄코——.

나——.

그다음 문장이 도저히 나오질 않았다.

어머니와 같은 병으로 죽을 뻔했다. 그래서 어쩌라고? 이젠 괜찮은데.

위로해주면 좋겠다? 그럴 리가 있나. 그냥, 보고를…… 그것도 아니다. 그렇다면 역시 알릴 필요는 없는 거 아닐까? 나 때문에 괜히 마음 쓰고 싶지도 않을 거고——.

결국 문장을 전부 지우고, 한 줄만 보냈다.

《오늘 고마웠어. 또 만나자!》

잠시 후 읽음 표시가 뜨고는 답장이 돌아왔다.

《응. 다음엔 메구로 가조엔이 좋겠어!》

쿄코는 애프터눈 티가 완전히 마음에 들었던 모양이다. 다음 모임은 그곳으로 할까. 다음이 언제가 될지는 모르겠지만.

○ ○ ○

이번 집은 하치리가하마 외곽으로, 고지대에서 태평양이 내려다보이는 위치에 있었다.

경사면에 세워진 철근 구조의 집이다. 지어진 지 32년이나 되어 조금 낡았지만, 버블 시기의 건축물은 하나같이 튼튼하고 구조에도 돈이 들어갔다.

어째서인지 빅토리안 양식 비슷한 집이라, 외벽은 크림색의 벽돌 비슷하고, 고딕 느낌 비슷한 작은 아치가 곳곳에 장식되어 있었다. 어디까지나 '비슷한' 것은 애교지만, 이곳은 일본이니 19세기 영국풍 집을 완벽하게 재현하기란 무리일 것이다.

바닷가라 바닷바람에 삭기는 했어도, 조금 손을 보니 상당히 기품 있는, 차분한 저택이 되었다.

카나메는 예전의 타워 아파트보다는 이쪽이 마음에 들었다.

소스케는 입지상 보안이 영 애매한지, 그런 의미에서는 지난번의 타워 아파트가 좋았다고 말했다. 나미는 책을 읽을 수 있으면 어디든 좋다고 한다. 야스토는 이사한 지 이틀 만에 바퀴벌레와 맞닥뜨리는 바람에 그 후로 이 집을 별로 좋게 여기지 않는 듯했다.

호화 저택이라고 할 만큼 광대하고 사치스러운 구조는

아니지만, 차고에는 2대가 들어갈 수 있고, 방은 5개나 되고, 거실에는 바다를 내다볼 수 있는 커다란 창이 있다. ……뭐, 거의 호화 저택 맞네. 방 2개는 쓰지 않고 짐을 두기로 했다.

대각선 맞은편에도 빈 집이 있었으므로 그곳은 테디 군을 비롯한 호위반의 거점으로 삼았다. 오미야 때는 근처에 빈 곳이 없다 보니 걸어서 1분 정도 거리의 거점이었던 것을 생각하면 축복받은 입지라 할 수 있으리라.

이미 23시 반이었다. 파도 소리는 들리지만 주위는 캄캄하다.

차에서 내린 카나메는 테디 군 일행과 헤어져 집으로 돌아갔다. 그때 문득 호위반의 거점 반대편, 널찍한 임대 주차장에 눈이 머물렀다. 회색의 커다란 컨테이너 트레일러가 서 있었다. 그러고 보니 지난주까지는 저런 트레일러가 없었던 것 같은데.

'그보다 저거, 전에도 본 것 같단 말이지…….'

뭐, 수상한 거라면 소스케나 테디 군이 알아서 처리했을 것이다. 금방 잊어버리고 집으로 들어갔다.

현관문은 크고 무겁다.

"……다녀왔습니다ㅡ."

작은 목소리로 말하자, 이내 거실에서 소스케가 나타났다.

"어서 와라."

가볍게 허그하고 뺨에 키스를 해준다. 옛날에는 동작이

더 어색했는데 이제는 역시 익숙해졌다. 뭐, 어색한 키스도 좋아했지만.

답례로 가볍게 입술에 키스하자, 그도 다시 한번 키스해주었다. 조금 진한 키스였다. 왠지 뭉글뭉글 욕구가 올라와 조금 더 하고 싶었지만, 역시 피곤했고, 이제 막 돌아왔고, 지금도 현관 옆의 신발장에 자는 나미의 발이 언뜻 보였으므로 참았다.

"재미있었나?"

"엄청. 뭐, 2차부터는 미즈키랑 나만 있었지만."

"또 이나바인가. 사이가 좋군."

"왠지 그래. 정말, 왜일까."

"질긴 인연이라는 거 아닐까. 나와 쿠르츠처럼."

"하하하, 그럴지도."

나미가 깰 기미는 없었다. 소스케가 집에 있을 때는 자신이 안전에 신경을 쓸 필요가 없다고 생각하는지, 숙면을 취하는 것이다.

"야스토는……?"

"네가 돌아올 때까지 안 자겠다고 우기다가, 결국 저기서 잠들었다."

"맨날 늦게 자니까 그렇지. 정말……."

식당의 테이블에 짐을 놓고 거실의 야스토에게 갔다. 야스토는 소파에서 이불을 덮은 채 자고 있었으나, 카나메의 기척을 느끼고 눈을 떴다.

"······엄마."

"다녀왔어, 야스토. 방에 가서 자자."

"······으냐."

"자, 엄마가 옮겨줄 테니까······ 읏, 아······ 좀······ 무거워."

안아 들려 했지만 무리였다. 몸집은 작지만 벌써 열 살이다. 안아 들 수 있는 마지막 몇 년을 병 때문에 대부분 함께 보내지 못했다. 카나메는 갑작스럽게 찾아오는 이런 순간에 쓸쓸함을 느끼곤 했다.

"내가 옮기지. ······자, 야스토."

소스케가 야스토를 가볍게 들어서 방으로 옮겼다. 지금도 30킬로그램 백팩을 메고 30킬로미터를 걸어 다니곤 하므로 그는 아직 아들을 안아 들 수 있다. 팔과 목은 다부져서 옛날보다 훨씬 강해 보였다(본인은 '옛날이 더 강했다'고 하지만).

그 사이에 카나메는 손을 씻고 물을 마셨다. 화장을 지우려고 세면장에서 세안 세트를 꺼내고 있으려니 소스케가 야스토의 방에서 돌아왔다.

"푹 곯아떨어졌어. 잘 자는군."

"고마워. ······이건 뭐야?"

거실과 세면장의 경계 근처에 커다란 종이상자가 놓여 있는 것을 알아차렸다. 해외에서 온 택배인 것 같았다.

"마오가 보냈다. LA의 아파트를 정리해준 거겠지. 그쪽에 남겨둔 개인 물품 중 당장 필요할 만한 것들을 보내 달라고 했다."

"아아, 미안해라."

상자의 내용물을 보았다. 가족들의 옷가지며 자질구레한 물건들뿐이었다. 그 외에는 야스토가 아끼던 인형과 나미의 책, 이제까지 이사했던 곳들의 기념품 등등.

"어라, 오오?"

상자 안쪽에서 비닐에 싸인 꾸러미를 꺼냈다. 펼쳐보니 놀랍게도 진다이 고등학교의 여자 교복이었다. 하얀 바탕에 파란색이 눈부셨다. 블라우스와 빨간 리본까지 다 있었다. 보존상태가 좋았는지 색바램도 거의 없었다.

"그리워라~."

"그립지만, 이게 어디가 '당장 필요'하다는 거지? 마오 녀석……."

"뭐 어때서 그래. ……아직 입을 수 있으려나?"

웃으며 비닐 포장에 든 채로 교복을 가슴에 가져다 대보았다.

그 모습을 본 소스케는 가면처럼 무표정했다. 어이없어 하는지도 모른다. 왠지 창피해져 그녀는 교복을 슬쩍 밀어냈다.

"농담이야. 아무리 그래도 나이를 생각해야겠지! 우하하하."

"…………."

"으~음, 추억은 담겨 있지만 말이야. 그만 처분해버릴까."

"아니다!"

소스케가 즉시 대답했다. 한 손을 들어 '기다려'라고 제지하는 포즈까지 취하며.

"……미안하다, 소리를 질러서. 하지만 처분할 것까진…… 없지 않을까? 그…… 공간을 차지하는 것도 아니고……. 조만간 어딘가에 필요하게 될…… 거라고는 생각하기 어렵지만…… 뭐, 버리는 건…… 내키지 않는달까……."

어째서인지 말이 빨랐다.

"그래? 그러고 보니 소스케의 교복은?"

"이미 옛날에 처분했다."

"그럼 그냥 내 것도──."

"아니, 아니. 내 건 괜찮다. 평범한 스탠딩 칼라였고, 다 닳아 해지기도 했으니. 네 것은 뭐랄까, 아무튼 아깝다."

"그래……. 그럼 챙겨놓을까."

어째서인지 소스케는 안도의 한숨을 쉬었다.

"다행이다."

"왜 그래?"

"깊은 의미는 없다. 다만…… 추억의 물건, 이니까."

"그건 그렇지."

카나메는 웃고선 그 교복 세트를 넣으러 옷장으로 향했다.

"오늘은 그만 쉬도록. 피곤할 테니."

"응. 너무 피곤해⋯⋯."

"나도 이메일만 정리하고 자겠다."

"알았어."

소스케도 오늘은 가사를 전부 도맡고, 거기에 어딘가의 PMC에서 의뢰받은 리포트 일을 하고 있었으므로 피곤할 것이다. 내일도 이것저것 일이 있다고 하니 푹 자야 한다. 오늘 밤에 섹시한 분위기가 되는 일은 없을 것 같다.

워크인 클로젯은 침실과 붙어 있다. 그곳에서 진다이 고등학교 교복을 제대로 된 행어에 걸고, 작은 방충 스프레이를 칙칙 뿌렸다. 입을 기회도 없는데 웃기는 짓이지만, 최소한의 조치다. 그대로 외출용 블라우스와 바지를 벗고, 여느 때처럼 헐렁헐렁한 티셔츠로 갈아입으려다――.

"⋯⋯⋯⋯⋯."

옷걸이에 걸린 교복을 다시 한번 보고, 별생각 없이 스커트를 손에 들어보았다.

"짧아!"

이래서야 팬티 다 보이겠다. 여고생 대단해. 그리고 겨울철이면 진짜 이런 미니는 무리지. 나 그러고도 용케 팔팔했구나⋯⋯. 그래도 사이즈는 아마――.

"호오⋯⋯. 호오, 호오."

허리둘레는 아마 아직 괜찮을 것 같다. 아니, 지금이 더 말랐을지도. 조금 흥미가 동해 그 스커트에 다리를 넣어보았다. 어디어디――.

"아, 들어간다 들어간다……."

여유 여유. 하나도 안 끼어. 굉장해 나.

스커트의 훅을 잠그고, 조금 고민하다가 블라우스에 손을 뻗었다. 기왕 여기까지 온 거──.

"시험 삼아, 시험 삼아……."

애들은 자고 있고, 소스케도 식당 쪽에서 이메일을 처리하고 있다. 아무도 안 보니까.

블라우스도 딱 맞았지만 가슴 언저리가 약간 끼었다. 그래도 뭐, 허용범위다. 단추도 잠글 수 있었다.

클로젯 안쪽의 전신거울 앞에서 한 바퀴 돌아보았다.

"호오, 이거 제법……."

이렇게 되면 거시기. 독을 먹으려면 사발까지 먹으라는 그런 정신이 필요하지 않을까.

목에 빨간 리본을 매고, 재킷을 입었다. 이 재킷이 또 체형이 드러나는 디자인이라 웨이스트 언저리가 상당히 타이트하지만──.

"오오. 딱 맞아…… 오오……!"

완전 여유였다. 나 아직 꿀리지 않는다고!

재킷의 아래쪽 단추를 잠갔다. 이게 전부인가? 아니, 아직 맨다리다. 여기까지 왔으면 스타킹도 필요하다. 클로젯을 뒤적거리자 딱 맞는 길이의 까만 스타킹이 나왔다. 그걸 신고, 다시금 거울 앞에 서 보았다.

"뭐야…… 완벽하잖아? 나 어떡해."

고등학교 교복을 이렇게까지 입을 수 있다니. 자신의 피지컬이 무서워……!

뭐, 약간 옷이 튀는 느낌은 있고, 그 시절 같은 생명력, 자신만만한 느낌은 없지만……. 오히려 뭔가, 미니스커트에서 뻗어 나온 맨다리의 고혹스러움은 두 아이의 어머니가 아니면 낼 수 없는 맛이…… 아니다, 이건 그냥 군살인가. 어떨지 모르겠다. 역시 근육은 빠졌겠지만. 나미랑 비교하면 어떻게 보이려나. 으~음.

"하하……."

거울 앞에서 이리저리 포즈를 잡으며 놀았다. 스마트폰으로 셀카도 찍어보았다. 몇 장쯤 찍은 후, 얼굴을 가리고 또 몇 장. 사진발도 잘 받는데!

"좋~아…… 장난이니까. 어디까지나 장난이니까."

오늘 만난 멤버들에게는 보내도 되지 않을까. 쿄코, 렌, 미즈키 세 사람에게 얼굴을 가린 화상을 송신했다. 쿄코와 렌이 즉시 답장을 보냈다.

《나: 마침 출토품이 나와서 입어봄.》

《쿄코: 그리워라!》

《렌: 옛날 사진 아니에요?》

《나: 지금 찍음.》

《쿄코: 굉장해! 카나짱 아직도 현역이네~.》

《렌: 멋져요…….》

《나: 아니 다들 그렇게 칭찬하지 마ㅋ 웃으라고 보낸

건데.》

그런 이야기를 나누다 『잘 자』라고 인사했다. 미즈키는 계속 읽지 않고 있었다. 이미 잠들었겠지.

"그러면……."

교복 용무는 끝났다. 카나메는 재킷을 벗으려다, 문득 손을 멈추었다.

소스케는 아직도 식당에서 메일을 작성하는 중인 듯했다.

한번 보여줄까?

그리고 웃은 다음 끝. 이 교복은 깊숙이 집어넣고 두 번 다시 입지 않는다. 그 정도가 딱 괜찮지 않을까.

"좋았어…… 후후."

피로가 쌓이기도 했고, 어릴 때의 교복이 의외로 몸에 맞아 텐션이 이상해졌다. 카나메는 살금살금 발소리를 죽이고 식당으로 향했다.

소스케는 노트북 PC를 보고 있었다. 이쪽의 차림은 아직 알아차리지 못했다.

"소~스케."

"응? ⋯⋯⋯⋯⋯컥!"

그는 금세 눈을 휘둥그렇게 떴다. 덜컥 소리와 함께 엉거주춤 일어나는 바람에 마우스가 테이블에서 떨어졌다.

"우후후. 의외로 아직 괜찮지?"

"으…… 아……."

카나메가 한 바퀴 가볍게 돌자 미니스커트가 팔랑 펼쳐

졌다.

소스케는 한동안 그대로 굳어 있었다. 역시 어이없는 걸까. 카나메는 쓴웃음을 지으며 자신의 교복을 내려다보았다.

"한 번만 입어볼까 해서 말이지. 이 정도면 공양은 되겠지? 봐봐."

"그…… 잠깐…… 잠깐……."

어딘가 호흡이 거칠다.

"아, 미, 미안? 어이없었지?"

"아니……."

그가 다가왔다. 한 걸음 한 걸음에 무게가 있었다.

"저기? 소스케?"

"뭐라고 해야 하지…… 그 차림은…… 파괴력이……."

"파괴력?"

"……지금의 네가 입으면, 어마어마한 위력이 있다. 위험하다."

"뭔 소리래."

"사랑한다, 치도리."

기쁘긴 하지만, 왜 옛날 성?

카나메가 한 걸음 물러났다. 그 허리를 그가 안아서 끌어당겼다.

"아앙…… 왠지 무서운데."

"너 때문이다."

"왜 나야, 저기, 으읍……?!"

느닷없이 입술을 빼앗겼다. 그렇다, 그야말로 '빼앗겼다'는 말이 어울렸다. 평소에는 가벼운 키스부터 시작하는데, 그냥 와락. 강제로.

"……푸핫, 싫어, 이런 건……."

말은 그렇게 하면서 이런 느낌도 싫지는 않은 그녀는 그의 품에 흐물흐물 몸을 맡겼다. 그렇다, 조금 난폭하게 당하는 것도, 사실은. 아니, 오히려 좋아…….

몇 번이나 키스를 하는 사이에 어쩐지 머리가 어질어질해졌다. 어디선가 달콤한 목소리가 들렸다. 자기 목소리다.

소스케는 카나메를 가볍게 들어 공주님처럼 옆으로 안고는 성큼성큼 침실로 향했다. 이렇게 힘찰 수가!

"……저기, 그만 잘 거지?"

"안 잔다."

"내일 일찍 나가야 하고, 애들도."

"어떻게든 된다."

"꺅!"

침대에 털썩 내던져졌다. 의욕 만땅이다. 굉장해. 어떻게 된 거야. 교복을 입었을 뿐인데.

"진짜…… 그럴…… 생각…… 아니었는데……."

"예뻐, 치도리."

"바보…… 으읍."

또 입술이 막혔다.

그 후로는, 엉망진창이었다.

아까까지는 외출용 바지 차림이었으므로 속옷 선이 드러나지 않게 티팬티를 입었던 것 또한 불에 기름을 부어버리고 말았다. 그 교복에 티팬티. 이 갭은 장난이 아니다. 하늘이 부옇게 밝아올 때까지 재워주질 않고, 나이를 생각하라는 소리가 나올 정도로 달아올라서, 허벅지 근육이라든가 고관절이라든가 여기저기가 쑤셨고, 턱이며 목 같은 곳이 뻐근했다. 그리고 이마도 아프다. 창문에 쿵쿵 부딪히는 바람에.

정말, 아무튼, 엄청났다.

아침이 되어, 침대 구석이며 한구석에서 엉망진창이 된 교복을—— 추억의 교복을 보고, 냉정해진 소스케는 불쑥 중얼거렸다.

"뭐랄까…… 죄책감이 엄청나군."

"그럼 하지 마!"

알몸을 시트로 감싼 카나메는 오랜만에 그의 등을 걷어찼다.

○ ○ ○

수면부족으로 아침밥은 못 하고, 식탁에서 떨어진 마우스를 본 야스토가 의아하다는 시선을 보내기도 했지만, 아무튼 아이들에게는 들키지 않고 넘어간 듯했다. 두 사람에게는 미안했지만 등교 전에 근처의 편의점에 들러 주먹밥을 먹고 가게 했다.

소스케도 아침부터 양 & 헌터 경비회사의 회합 때문에 나가버렸다. 이사 직후에는 다시 패밀리 레스토랑에서라도 일할 줄 알았더니, 자기에게 맞는 일을 택한 모양이었다. 테디 군을 비롯한 경호 팀의 강화도 하고 싶은 눈치였지만, 그보다는 회사 전체의 레벨을 올릴 생각인 모양이었다. "옛날 〈미스릴〉의 PRT만큼⋯⋯까지는 아니더라도 그에 가까운 수준으로 만들고 싶다"고 말했다. 사장, 아니, CEO인 양준규가 마침 도쿄에 와 있었으니 직접 만나 이것저것 주문을 할 생각이겠지.

가족이 셋 모두 나가버렸으므로, 카나메는 혼자 집에 남았다.

쌓여 있던 메일을 처리한 다음 청소를 했다.

침실의 침대를 정리하고, 구깃구깃해진 고등학교 교복을 다림질했다. 스커트에 묻은 얼룩을 지우다 보니 어젯밤이 떠올라 혼자 얼굴을 붉히기도 했다. 교복은 벽장 제일 안쪽에 넣어둘 생각이었지만, 마음을 바꿔서 조금 앞쪽에 두었다.

방 청소는 대강 마치고, 샤워를 한 다음 점심으로 어젯밤 나미가 만들어둔 카레를 먹자 졸음이 확 밀려왔다. 거실 소파에서 조금 낮잠을 잤다.

거실의 통유리창 너머에는 초여름의 태평양이 펼쳐져 있다. 구름 하나 없는 하늘과 눈부시게 빛나는 파도. 저 멀리 수평선 근처에는 커다란 배가 보인다.

카나메는 꾸벅꾸벅 졸면서 이대로 조용히 죽을 수 있다면 좋을 텐데, 하는 기묘한 상념에 사로잡혔다.

두 아이는 매우 건강하다. 어젯밤에는 남편에게 엄청나게 사랑받고 충족되었다. 이렇게 혼자, 아름다운 집에서, 찬란하게 빛나는 바다를 바라보며.

죽는다면 지금이 최고가 아닐까.

'무슨 멍청한 생각을 해.'

생각 어디선가가 말했다.

'난 죽고 싶지 않아. 아직 더 인생을 즐겨야지.'

그냥 공상이야. 좀 피곤했을 뿐.

'피곤하겠지 그야.'

요즘 많은 일이 있다 보니. 너무 행복해서, 무서워진 거지.

'넌 그런 면이 있지, 카나메. 위기에 맞서고 있을 때가 더 생생해.'

위기는 이제 지긋지긋해. 느긋하게 살고 싶어.

'위기라면 당분간 오지 않아. 오늘도 많은 일이 있겠지만 괜찮아. 너도 알잖아?'

'너도 알잖아'라. 너한테 불만은 없지만, 가끔 반대로 알 수 없을 때가 있어. 진짜 나는 어디에 있는 걸까. 그렇다기보다 **언제**에 있는 걸까. 이 방도 고등학생인 내가 꾸고 있는 꿈인 것만 같았다. 어쩌면 할머니인 내가 임종을 맞아 떠올리는 기억의 한 조각일지도.

'아무려면 어때. 실제로 나와 넌 **언제라도** 있는걸. 책 같은 거야. 마음만 먹으면 어느 페이지든 읽을 수 있지.'

하지만 너하고 이렇게 이야기를 나누는 것도 오랜만이네. 3개월? 4개월?

'또 잊어버렸구나. 겨우 사흘 만이야.'

아아, 그렇구나. 그랬을지도. 하지만…… 뭐…… 아무려면 어때……. 잊고 있는 편이…… 보통은…… 나으니까…….

'그 아이가 돌아왔어.'

그 아이……? 아아, 나미구나. 곧 나미가 날 깨우고, 오늘은 오전 수업밖에 없어서 일찍 돌아왔다고 할 거야. 그리고 그 아이는 "괜찮아? 좀 이상해, 죽은 줄 알았어"라고 말하고…….

'그럼 안녕, 카나메.'

응, 소피아.

"엄마?"

하얀 꿈에서 깨어나니 나미가 있었다.

걱정스러운 표정으로 들여다본다. 근방 현립 고등학교의 여름 교복 차림이다. 약간 진다이 고등학교 하복과 비슷했다.

"으음…… 나미?"

"오늘은 오전 수업밖에 없어서 일찍 돌아왔어."

"아아, 그랬구나."

카나메는 일어나려 했으나 조금 현기증이 나 소파 위에

주저앉고 말았다. 나미가 황급히 옆에서 부축했다.

"괜찮아……?"

"미안해. 좀…… 아아, 이젠 괜찮아."

현기증은 금방 사라졌다. 나미는 불안스레 이쪽을 바라본다.

정말로 예쁜 아이구나, 하고 뜬금없이 생각했다. 어쩐지 얼굴이 고운 장모종 대형견을 연상케 한다. 아프간하운드 같은 아이가 걱정스레 이쪽을 바라보는 듯한── 아아, 그래. 이런 면도 아빠를 닮았는지도.

"엄마, 좀 이상해."

"그래? 잠깐 낮잠 잤던 거야."

"죽은 줄 알았어."

"하하, 왜."

"모르겠지만, 그런 생각이 들었어. 수분 보급하는 게 좋겠어."

그렇게 말하며 나미는 주방으로 향했다. 보통 사람이라면 "물 마실래?"라든가 할 텐데 '수분 보급'이라니. 이것도 아빠를 닮았구나. ……아니, 소스케와 같이 지낸 시간이 길어서일까. 특히 지난 3, 4년은.

고개를 가로저었다. 어떤 꿈을 꾸고 있었는지 이제는 떠올릴 수 없었다. 나미가 컵에 물을 따라 가져왔다.

"여기."

"고마워."

물을 마시는 동안, 나미는 카나메의 바로 옆에 앉아 있었다. 거리가 가깝다. 어깨를 안아주자 기뻤는지 몸을 바짝 붙였다. 카나메는 그것이 기분 좋으면서도 조금 걱정스러웠다.

나미에게는 반항기다운 반항기가 없었다. 또래 여자아이답게 아빠에게는 대강대강 대할 때도 있지만, 카나메는 매우 잘 따른다. 초등학교 시절쯤에는 그나마 부자연스럽지 않았어도, 지금까지 거의 달라지지 않는다는 건 좀 드문 일이다.

보통 고등학생 정도 되면 어머니의 존재가 거추장스러워지는 법이다.

카나메 자신은 그 무렵에 이미 어머니가 돌아가셨기 때문에 모르겠지만, 친구들은 대개 어머니를 거추장스럽게 여겼다. 기껏 그렇게 건강하신데 아깝게……라고 내심 생각했던 것을 떠올렸다.

이것 또한 자신의 병이나 가정환경 탓인지도 모른다. 아무 걱정 없이 사춘기를 함께 보냈더라면 나미도 자신에게 "짜증 나" 같은 소리를 하면서 밀어냈을지도. 아니, 정말 그럴까.

'잘 모르겠지만. 미안해.'

말로는 꺼내지 않고 어깨를 쓰다듬어주었다. 잠시 후 나미가 입을 열었다.

"이 집."

"응?"

"멋지지만, 어쩐지 이상한 다른 세상 같아."

창문 너머의 대양이 햇살을 받아 반짝인다. 반짝반짝, 반짝반짝 크고 작은 보석을 뿌려놓은 것 같았다.

"그러게. 좀 속세 같지 않을지도."

"전에 읽은 책에 이런 집이 나왔어. 크로올리라고 미국 작가인데……."

조금 말이 빨라진 나미는 그 책에 대해 이야기했다. 카나메는 그것이 어떤 책인지 전혀 몰랐지만, 노래를 듣듯 그 목소리를 즐겼다.

"엄마, 나미가 누구야?"

어쩌고 하는 작가 이야기를 하다 뜬금없이 기습처럼 말하는 바람에, 처음에는 질문의 의미를 이해하지 못했다.

"나미는…… 너지?"

"그게 아니고, 내 이름 따온 사람."

"아아……."

그야 그렇겠지. 카나메는 그 이름을 떠올리는 것이 오랜만인 것 같아, 오히려 그 사실에 작은 놀라움을 느꼈다.

"아빠한테는 물어봤어?"

"아니. 왠지, 그러면 안 될 것 같아서."

"안 되는 건 아니야. 하지만…… 뭐, 엄마한테 먼저 듣는 편이 낫긴 하겠네."

이제까지 나미에게 이름의 유래를 들려준 적은 없었다.

더 어렸을 때 물어보기는 했지만, "여름에 태어났고 예쁘다는 뜻이야"라고만 설명했다. 이름을 따온 사람이 있다는 것도 말한 적이 없었는데, 뭔가의 계기로 알아차린 걸까? 야스토의 이름을 칼리닌의 퍼스트네임에서 따왔다는 것을 마오나 누군가에게 들었는지도 모른다. 그렇다면 자신도 그런 사람이 있을지도—— 하는 정도의 생각은, 이 아이라면 충분히 가능하다.

왜 지금이었는지는 도통 모르겠지만.

"역시 있구나. 내 이름 따온 사람……."

"응. 하지만 엄마도 만나본 적은 없어."

"그렇구나."

"유감이지만 이미 죽었거든. 아빠가 옛날에 신세 졌던 사람이고…… 여러 가지 일이 있었지만, 구하질 못했대. 그러니까…… 알지? 아빠가 있던 세계에서 '구하지 못했다'는 뜻은."

"응……."

그 나미라는 사람에 대해, 소스케는 카나메에게도 말하려 하지 않았다.

처음에 알았던 것도 소스케의 잠꼬대 때문이었다.

옛날, 소스케는 곧잘 악몽에 시달리곤 했다. 특히 나미가 태어날 때까지는 심했다. 바람을 피우는 상대가 아니란 정도는 그 잠꼬대의 톤으로 금방 알았다.

카나메는 시간을 들여—— 몇 달이나 들여, 조금씩, 그녀에 대해 물어보았다. 두 사람의 관계가 가장 위기에 빠졌던 시기였는지도 모른다. 소스케의 입은 무거웠으나, 하나하나, 그녀에 대해 밝혀나갔다. 최후에 대해 말할 때는 목소리가 떨리고 있었다.

소스케는 자신이 죽인 거나 다름없다고 생각하고 있었다. 그런 그에게 카나메는 아무 말도 할 수 없었다. 당신 탓이 아니야. 그렇게 말해주고 싶었지만, 그렇다고만도 할 수 없는 사정이 있었다. 그리고 그렇게 된 원인에는 그가 찾아 헤매던 카나메의 존재가 있었다. 다시 말해 그녀의 죽음에 책임이 있다고 한다면, 자신도 공범인 것이다.

"처음에 네 이름을 나미로 하자고 했던 건…… 엄마였어."

태어날 아이에게 그런 이름을 붙이다니 제정신인가. 마치 딸에게까지 십자가를 지우려는 것 같지 않은가. 그렇게 말하며 소스케는 반대했다.

"아빠는 별로 좋아하지 않았어. 물론 널 생각해서야. 역시 좀, 너무 무거우니까."

"가벼운 이름인데."

그렇게 중얼거리는 나미의 어조에는 분명 가벼운 자신감 같은 것이 섞여 있었다.

"그러게. 나미. 가볍고, 정말 예쁜 이름이지. 하지만 아빠하고 엄마가 그렇게 느낄 수 있게 된 건…… 네 덕분이야."

"나?"

나미는 조금 의아하다는 듯 고개를 갸웃했다.

"세상에서 가장 소중한 아이에게, 그 이름을 담아서 부르는 거야. 매일. 밤낮으로. 그렇게 하니…… 저주가 풀려 나갔어. 무겁고 괴로웠던 말이었는데, 어느샌가 가볍고 아름다운 말로 바뀌었어. 전부 네 덕분이야."

갓난아기 때, 그 이름을 부르는 것이 어딘가 어색했다. 하지만 젖을 먹이고, 걸음마를 도와주고, 열이 나 밤새 간병하고…… 그럴 때마다 그 이름을 부르고 있으면, 달라진다. 천천히, 그 이름의 의미가 달라지고, 언젠가는 축복이 된다.

소스케는 예전만큼 악몽에 시달리지 않게 되었다.

그리고 야스토를 가지기 1년쯤 전의 어느 날 밤, 어린 나미를 재우면서 그는 불쑥 말했던 것이다. "이 이름으로 하길 잘했어"라고. "네 말이 맞았어. 이 아이가 나를 구했어"라고. 소스케는 말했다.

야스토가 태어나고, 세상에서 가장 소중한 아이는 둘이 되었다. 소스케가 악몽에 시달리는 일은 거의 사라졌다.

"지금은 이미 다 지난 일이야. 나짱은 나짱. 엄마도 아빠도 평소에는 하나도 신경 쓰지 않게 됐어."

"그래."

"싫으니……?"

"전혀."

영문도 모르고 그렇게 대답하는 딸의 옆얼굴에는 초여름의 아름다운 햇살이 비치고 있었다.

"그래. 고마워……."

"엄마, 울어?"

"아니~ 그냥 좀 찡해져서…… 나이를 먹었나. 눈물이 헤퍼졌다니깐. 제기랄."

"뭐래."

카나메는 눈꼬리를 닦으며 웃었다. 그저 그 자리에 있기만 할 뿐인데도 딸의 강한 광채에 눈앞이 아찔할 지경이었다. 지쳐버린 자신과는 전혀 다르다.

"자. 엄마는 일해야겠다. 커피 마실래?"

"괜찮아. 좀 이르지만 뛰고 올래."

나미는 러닝을 나가는 습관이 있다. 막 이사를 왔을 때는 그럴 여유가 없었지만, 요즘은 아침이나 저녁에 바닷가를 몇 킬로미터씩 뛴다. 호위반 담당자는 힘들겠지만 뭐, 어쩔 수 없지. 참고로 더 많이 뛰는 소스케의 담당자는 사실 편하다. 소스케는 지금도 매일 15킬로미터 정도는 뛰는데, 집 바로 근처를 뱅글뱅글, 뱅글뱅글 하염없이 돌 뿐이니 따라갈 필요가 없다.

나미가 레깅스로 갈아입고 나갔을 때, 마침 전화가 왔다.

야스토의 초등학교 담임이었다.

『어머님. 저기…… 야스토 군이 있죠, 좀 문제를 일으켰는데…….』

"뭘 했나요?"

『반 아이의 옷에 불을 질렀어요.』

○ ○ ○

　과학 시간에, 전지와 전구를 사용하는 간단한 실험을 하는 중이었다.

　그때 야스토가 옆 조의 남학생 등에, 직렬로 이은 C형 건전지와 은박지를 써서 불을 붙였다. 그 남학생은 비명을 지르며 온 교실 안을 뛰어다녔지만, 야스토가 금방 소화기를 써서 꺼주었다. 단시간이었고 작은 불이었으므로 셔츠가 그을린 정도였을 뿐 화상도 입지 않았다고 한다.

　그렇다고는 해도 저지른 짓이 저지른 짓이다 보니, 야스토는 반 아이들에게서 떼어내 직원실에서 대기를 시켜놓고 있다. 피해를 입은 아동은 귀가시켰다고 한다.

　"이유는 물어보셨나요? 야스토는 이유도 없이 그런 짓을 할 아이는 아니에요."

　오후의 초등학교 회의실. 옷도 갈아입지 못하고 황급히 달려온 카나메는 담임 선생님에게 물었다.

　"이유가 있으면 OK인가요? 미키하라 씨네 집에서는"

　"아뇨, 뭐…… 말이 그렇다는 거죠. 아무튼 아들을 만날 수 있을까요?"

　"물론이죠. 하지만 그 전에 상황을 설명해드릴까 합니다."

　"상황?"

　"예. 전학 온 후로 야스토 군은 영 아이들과 터놓고 지내지 못하고 있었어요. 반 아이가 놀자고 해도 거절하는 경우가 많았다고 하고요. 오늘 피해를 입었던 건, 반에서도 중심적인 아이였습니다. 야스토 군에게 자주 놀자고 말을 걸어주었는데…….”

“어…… ‘중심적인 아이’라고요. 괜찮으시면 이름을 알 수 있을지……?”

“그건…… 피해를 입은 가정의 의향을 물어봐야 하니까요. 지금은 잠시 덮어놓고 싶습니다.”

“네? 무슨 말씀인지…….”

그 아이의 이름을 숨기는 이유를 도통 이해할 수 없었다. 결국 나중에 야스토에게 물어보면 알 텐데. 다시 말해 이 선생님 입으로는 말하고 싶지 않다는 뜻일까. 싸우고 싶지도, 문제로 발전시키고 싶지도 않다. 그 ‘중심적인 아이’가 어떤 아이인지도 추궁하지 말았으면 좋겠다는.

“아하…….”

카나메는 어떤 역학관계가 작용했는지를 어렴풋이 이해했다.

야스토가 아무 잘못도 없는 아이에게 그런 짓을 할 리가 없다.

그렇다면 뭐, 평범하게 생각해서, 그 ‘중심적인 아이’라는 건 요컨대 남을 괴롭히고 다니는 아이거나 그에 가까운 존재였을 것이다.

그렇다고는 하나 가정에서 야스토는 평범했다. 최근까

지도. 아침에 하품과 함께 지루하다는 듯이 등교하는 아들에게서는 요만큼의 비장감도, 반대로 무리해서 밝게 행동하려는 기색도 없었다. 심각한 괴롭힘을 당하고 있다면 카나메도 분위기가 이상하다는 것을 알아차렸으리라. 그런 부분은 본인에게 물어보기 전까진 모르겠지만.

"그게, 그쪽 가정에서는 사고라고 받아들여 주신 모양입니다. 그렇기는 하지만 같이 앉아 있는 것도 어려울 테니, 야스토 군은 한동안 이쪽의 회의실에서 특별수업을 받는 형태로……."

"격리했다는 거군요. 우리 애만."

"격리라뇨. 어디까지나 일시적인 조치입니다. 만약 그쪽 가정에서 문제 삼지 않는다면 지금까지처럼 지낼 거고, 그게 무리라면 다른 학급으로 옮기거나…… 혹은 옆 학군의 초등학교로 옮기는 방법도……."

자아, 어떻게 한다.

한순간 분노에 가까운 무언가가 솟아나는 것을 느꼈으나, 그것도 이내 가라앉았다. 이 또래의 여성 교사를 책망하는 것도 뜬금없는 짓이다. 그녀가 할 수 있는 일이라고 해봤자 뻔하고, 그만한 월급을 받는 것도 아니다. 무엇보다 야스토는 가해자다. 이 선생님도 그걸 전제로 원만히 넘어갈 수 있는 안을 찾아주었던 것이니까.

"뭐…… 무슨 말씀을 하시고 싶은지는, 이해했어요. 그럼 야스토와 만나도 될까요?"

"네. 지금 불러올 테니 여기서 기다——."

회의실 문이 힘차게 열리고, 바로 그 야스토가 책가방을 손에 든 채 뛰어들었다.

"미키하라 군?"

"야스토?"

"엄마, 코드 레드."

스마트폰을 슬쩍 보여주며 야스토가 말했다. 코드 레드. 비상사태란 뜻이다. 사가라 가의 경우에는 신원이 적에게 드러났거나, 혹은 드러날 가능성이 매우 높다는 것을 뜻한다. 하지만 그런 위험 따위, 바로 조금 전까지만 해도 전혀 없었을 텐데.

"어? 왜? 무슨——."

"빨리 가자. 누나가 걱정돼."

"아, 응."

조금 갈팡질팡하면서도 카나메는 가방을 손에 들고 일어났다.

"무슨 소릴 하는 거니, 미키하라 군. 그리고 스마트폰은 금지야."

"선생님! 짧은 시간이었지만 신세 많이 졌습니다. 그리고 카와베 군에게 사과하세요. 그리고 야마다한테는 나가 죽으라고 해주세요."

"무슨 소리야? 어머님도 뭐라고 좀 해주세요."

"그게, 저기."

"빨리 가자."

야스토는 카나메의 손을 잡고 복도로 뛰어나갔다. 카나메는 비틀거리면서도 선생님에게 인사하고 그의 뒤를 따랐다.

1층의 신발장으로 향하며 카나메가 물었다.

"무슨 일이었어?"

"1시간 전부터 집 주변의 통신량이 급증하고 있어. 위성 정보랑 교통망 데이터도. 아마 2개 분대 정도의 병력이 전개 중일 거야."

카나메의 스마트폰에도 같은 내용의 경고가 흘러나오고 있었다. 야스토가 소스케에게 부탁해 집 주변에 설치해둔 센서 덕이다. 그건 그거대로 큰일이지만──.

"그게 아니고! 그 카와베 군? 야마다 군? 불을 질렀다는 건 사실이야?"

"아, 그 얘기."

별거 아니라는 양 야스토가 대답했다.

"야마다란 녀석이 카와베 군을 전부터 괴롭혔어. 그 왜, 카와베 군 알잖아. 전에 집에 놀러 왔던."

"아아, 걔."

그러고 보니 지난주에 놀러 왔다. 심약한 인상의 바짝 마른 아이였다.

"그리고 오늘도 야마다가 카와베 군한테 시비를 걸어서, 열 받길래 불을 좀 붙여서 놀라게 해줬어. 그게 다야."

"그랬구나. 이해했어…… 근데 너무 심하지 않아? 무슨…… 딱딱산*도 아니고."

"아냐, 그 정도는 해야 해. 애들 앞에서 엉엉 울고 오줌 지리고…… 덕분에 야마다는 스쿨 카스트 꼭대기에서 굴러떨어졌어. 다들 속으로는 쾌재를 불렀을걸."

"으음~ 이건…… 야단을 쳐야 하나 칭찬을 해야 하나 고민스럽네……."

"칭찬해줘! 속 시원했단 말야."

"아니, 부모의 입장으로서는 말이지? 그렇게 폭력에 호소하는 건 좀, 어떨지…… 아, 맞다. 적이 있댔지?"

"응응. 섬멸해야 해."

적이 있는데 학교의 폭력이 어쩌고저쩌고하니 왠지 인식에 버그가 생길 것 같다.

"섬멸은 안 돼. 아니 그보다, 아빠랑 테디 군은 도쿄에 있잖아."

남은 호위반으로는 다소 불안하다. 지금은 나미와 합류해 피난하는 편이 득책일 것이다. 하지만 어떻게 이번 주소가 새나간 걸까? 호위반도 카나메의 AI도 그런 조짐은 전혀 포착하지 못했다.

신발을 갈아 신고 초등학교 건물을 나가자 소스케에게서 전화가 왔다.

『야스토는?』

"같이. 지금 학교에서 나왔어."

---

*너구리에게 아내를 잃은 할아버지를 위해, 토끼가 너구리를 혼내준다는 일본 설화. 토끼가 너구리의 몸에 불을 붙이는 장면이 있다

『좋아. 호위반의 바르단과 그대로 세이프하우스까지 피난해.』

바르단── 아아, 우엉 짱 말이구나. 초등학교 정문 앞에 세워진 까만 SUV가 보였다. 운전석의 여성이 손을 흔들고 있다. 우엉 짱이다. 믿어도 되는 걸까? 아니, 소스케가 그렇게 말했으니까 괜찮을 것이다.

"나미는 어떻게 해? 설마 두고 가라는 건──."

『나미라면 괜찮──.』

음성이 뚝뚝 끊겼다.

"괜찮긴 뭐가 괜찮아? 적에게 포위당했는데?"

『지금 연락── 마침── 컨테이너에──.』

"여보세요? 저기?"

『──도망──.』

전화가 끊겨졌다. 호위반의 한 사람이 SUV의 후방 도어를 열고 손짓한다. 야스토를 안다시피 해 뒷좌석으로 뛰어들자 차는 금방 출발했다.

"이대로 세이프하우스까지 피난하겠습니다……!"

우엉 짱이 말했다.

"안 돼, 나미를 두고 갈 수는 없어. 일단 집으로 돌아가."

"하지만 중사님의 명령입니다."

"난 회사 오너야."

"해고하시려거든 마음대로 하십시오. 그렇지만 지금 집으로 돌아가면 위험합니다. 아드님까지 위험에 빠뜨리실 겁니까?"

"·············웃."

우엉 짱의 정론에 카나메는 말문이 막혔다. 지금 있는 호위는 그녀 외에는 한 명뿐. 이것으로 2개 분대── 20여 명의 적이 기다리는 집 근처로 달려간다는 것은 역시 무모하다. 나미에게는 나미의 호위도 있으니 어떻게든 탈출하기를 기도할 수밖에 없다.

"중사님은 따님이 괜찮다고 하셨습니다. 지금은 그 말을 믿고──."

그때 느닷없이 총성이 울려 퍼졌다. 오른쪽 후방에서 육박한 밴. 창문으로 카빈이 언뜻 엿보였다.

"·············!"

적이다. 어느 세력인지는 아직 알 수 없다.

창문과 도어에 피탄했지만 이 SUV는 방탄 사양이다. 어지간해서는 주행 불능에 빠지거나 하지 않는다.

"망할, 빨리도 왔군."

우엉 짱이 중얼거렸다.

"괜찮아. 그대로 달려."

야스토가 그렇게 말하더니 책가방에서 드론 1기를 꺼냈다. 왼쪽의 창문을 3분의 1 정도 열고는 그곳을 통해 차량 밖으로 드론을 던졌다. 아무렇게나 던졌을 뿐인데도 드론은 이내 자세를 바로 잡더니 차량과 나란히 날기 시작했다.

"대충 쏘고 있어. 그대로, 그대로……."

스마트폰의 조그만 화면으로 능숙하게 드론을 조작한다. 이런 고속에서 적의 차량을 훑듯이 날다니—— 카나메는 도저히 흉내도 낼 수 없을 것이다.

"받아라."

드론의 전기총이 파직 울었다. 이쪽을 쏘려 하던 적이 굳어버린 채 움직이지 못하는 것이 보였다.

"한 발 더…….."

드론의 전기총은 유선식 2발이다. 나머지 한 발로 적의 운전수를 노린다. 상당히 어려운 조작일 텐데, 야스토는 별 어려움도 없이 드론의 위치를 바꾸어 또 한 발의 전기총을 발사했다. 적 운전수의 목덜미에 전기총의 니들이 꽂히고 전류가 흘렀다. 운전수가 핸들을 쥔 채 벌렁 나자빠지고 차가 오른쪽으로 돌아갔다. 그대로 갓길의 전봇대를 정면에서 들이받더니 연기를 뿜었다. 드론은 전기총의 와이어를 분리하고 카나메 일행의 상공을 따라왔다.

"야스토 대단해! 나중에 패미치키 사줄게!"

"아자."

반면 우엉 짱은 복잡한 표정이었다. 습격 그룹의 리더였을 때, 오미야에서 이 드론에게 아군이 당하는 걸 봤기 때문일 것이다.

"하지만 아직도 옵니다. 한 대…… 아니, 두 대!"

주택가 후방에서 한 대, 왼쪽 모퉁이에서 또 한 대, 맹렬한 속도로 육박하는 차량이 있었다. 격렬한 충격. 카나메

일행이 탄 SUV의 뒷부분을 스치면서 범퍼를 날려버렸다.

"그래, 적의 본대는 이쪽으로 온 모양이군……."

그야 그럴 것이다. 적이 노리는 것은 카나메니까.

"테이저는 다 썼어. 하지만 한 대는 해치울게."

야스토는 그렇게 말하고는 다시 상공의 드론을 조작했다. 스윽 저공으로 내려가더니, 추적해오는 적 차량의 바로 밑으로 들어가선——.

"바이바이."

드론이 폭발했다.

수류탄 정도의 규모였지만 그래도 차의 엔진과 섀시 부분을 망가뜨리기에는 충분한 위력이었다. 차가 덜컥 흔들리더니 좌로 우로 사행하다 그대로 시야에서 사라졌다.

"굉장해 굉장해! 패미치키 3개 사줄게!"

"3개까진 필요 없는데……."

하지만 아직 1대가 남았다.

아니, 2대, 3대. 적으로 보이는 새로운 차가 또 나타났다. 이래서는 감당이 안 된다.

"집에는 예비 드론이 있지만…… 지금은 없어."

"으음……."

애초에 책가방에 폭발성 드론을 넣고 등교하는 것도 허락한 기억은 없었지만, 실제로 이렇게 도움이 됐으니 나무랄 수도 없다.

적이 3대. 10명 가까운 인원. 이쪽의 차량은 몇 번이나 충격을 당해 여기저기 문제가 발생하고 있다. 의지해야 할 소스케는 아직 도쿄에.

우엉 짱과 또 한 명의 호위병이 응전하고 있지만, 달리면서는 거의 유효한 사격이 불가능한 듯했다. 뭐, 그게 보통이겠지. 소스케처럼 혼자 운전도 하고 사격도 하면서 정확하게 적의 타이어니 뭐니를 명중시키는 게 이상하다.

라디에이터에서 연기가 나오고 있었다. 속도도 떨어졌다. 기이한 소리와 진동이 발생했다.

이거 위험하지 않나……?

사고 한구석에서는 '괜찮아'라고 누군가가 말하고 있지만, 그래도 카나메는 야스토를 꼭 끌어안고 말았다. 그때 스마트폰이 울렸다. 가족 단체 채팅방이었다.

《나미: 엄마 야스토 무사해?》

《나미: 지금 따라잡음.》

따라잡다니? 무사한 건 다행이지만 도망쳐야 해.

《엄마: 안돼도망쳐》

카나메는 필사적으로 입력했지만 야스토 쪽은 태연하게 "아, 그거구나~" 하고 중얼거렸다.

"그거라니?"

"그거라면 그거지. 아빠가 몰래 준비해뒀던…… 어…… 까먹었다. 아무튼 AS."

"뭐?"

그때 카나메 일행의 상공으로 무언가가 날아왔다.

창공을 가리는 커다란 일렁임. 하얀 섬광. 키잉 하고 귀를 찢는 구동음.

그 일렁임이 무언가를 발사했다. 총성. 카나메 일행의 차량을 쫓아오던 차량 한 대가 순식간에 보닛에서 불을 뿜으며 뱅글뱅글 스핀했다.

일렁임은 ECS── 전자미채(電磁迷彩)의 불가시 모드에 의한 것이었다. 레이저 홀로그램을 초고속으로 투사해 '기체'가 보이지 않도록 하는 시스템이다. 그 ECS를 해제하고 1기의 거인── 암 슬레이브가 나타났다.

그 AS(암 슬레이브)는 체공한 채 자세를 바꾸어 카나메 일행과 적을 내려다보았다.

하얀 기체다.

흰색과 푸른색. 옛날의 그리운 기체──〈아바레스트〉와 흡사한 색이었다. 스마트한 실루엣도〈아바레스트〉와 거의 비슷했지만, 저 기체는 M9 계열과는 다르다. 일본의 국산 AS〈11식(일일식)〉의 개조기였다.

갑옷으로 치면 폴드론(pauldron, 어깨 보호구), 태싯(tasset, 흉갑에 달린 허벅지 보호구) 같은 부품에서 하얀 분사염이 뿜어져 나오고 있었다. AS용 아크 제트다. 기체를 비행시킬 수 있다.

"나미……?"

아마 틀림없을 것이다. 오퍼레이터(조종자)는 나미다.

그 AS는 허리에 찬 접근전용 단분자 커터를 뽑더니, 나머지 2대의 차량에 달려들어 순식간에 반으로 썰어버렸다. 운전석과 조수석이 깔끔하게 떨어져 버린 차량이 관성으로 달리다 쾅당 넘어졌다. 적 분대는 차량(이었던 것)에서 기어 나와 허겁지겁 도망쳤다. 그들의 등을 향해 AS가 소형 핸드건을 겨누었다.

가차 없는 발포.

구경은 크지만 화약을 줄인 끈끈이탄이다. 거품 덩어리가 철퍼덕 날아가, 도망치는 적을 차례차례 아스팔트에 고정시켰다. 장난치는 듯한 무기지만 보병에게는 충분히 효과가 있다.

원래 규모가 다른 병기다. 이런 것을 들고나오면 적이 할 수 있는 일 따위 아무것도 없다. 저항은 물론 도망치는 것도.

습격자를 모두 무력화한 흰색 AS는 아크 제트를 분사시키며 바로 옆에 착지했다.

"아군…… 맞죠?"

우엉 짱이 물었다.

"아마 나미일 거야. 근데 당신도 몰랐어?"

"전 신입이니까요. AS까지 준비해올 줄은……."

다른 한 명의 호위병도 어깨를 으쓱할 뿐이었다. 그렇지만 어렴풋이 알고는 있었으리라. 아마 어젯밤에 봤던 트레일러일 것이다. 오미야 때도 근처의 주차장에 서 있었다. 토요스에서는 못 봤지만 그때도 어딘가에 숨어 있었겠지.

"내릴게."

"아, 잠깐만요…… 괜찮습니다. 내리시죠."

우엉 짱이 주위의 안전을 확인했다. 일은 확실하게 꼼꼼하게 하는 타입인 모양이다. 배신하지도 않았고. 플러스 1점.

하얀 AS는 무릎을 꿇고 해치를 개방시켰다. 콕핏에서 나미가 나타났다. 러닝하러 나갔을 때의 레깅스 차림 그대로였다. 무릎을 꿇은 자세에서는 AS의 해치가 꽤 높다. 건물의 2층 반 정도는 된다. 딸이 쉽사리 기체에서 내려오는 모습을 봐도 카나메는 조금 조마조마했다.

"알이 저기 있어?"

"아니야. 다른 어딘가."

야스토가 말했다. 아니 그보다도——.

"탈 수 있어?"

내려온 나미를 꼬옥 안으며 카나메가 말했다. 탈 수 있느냐는 물음은 물론 AS를 말하는 것이다. 3년 전까지는 건드려본 적도 없었을 텐데.

"알라스카랑 플로리다 같은 데 있을 때. 아빠한테…… 아니, 내가 가르쳐달라고 부탁했어."

지난 3년 동안 입원 생활이 많았던 카나메는 나미와 소스케와는 따로따로 살았다. 사람이 별로 없는 변경에서 지내는 일이 많았으므로, AS도 기체만 준비하면 얼마든지 연습할 수 있었을 것이다. 이 하얀 기체는 최신예기지만…… 뭐, 소스케의 연줄이라면 어떻게든 됐겠지.

"그렇겠지. 나 참……. 야스토는 알고 있었니?"

"응. 그래도 뭐, 일부러 얘기할 정도는 아니니까."

"뭐야! 엄마만 몰랐던 거야?! 너무하잖아!"

항의하지 않을 수 없었던 카나메가 목소리를 높이자, 두 아이는 시끄럽다는 듯 눈을 돌렸다.

"그치만 분명 반대할 거니까."

"당연하지! 이런 건…… 아무튼 위험하단 말야, AS는! 엄마도 많이 봐서 알아!"

"안 위험해. 오히려 적이 오면 안전."

"맞아맞아. 실제로 도움 됐잖아."

나미와 야스토가 입을 모아 말했다.

"저기~ 사람들이 꼬이는데요. 슬슬 철수를……."

우엉 짱이 말했다. 지금 일동이 있는 곳은 주택가와 상점가 경계 언저리의 사거리였다. 모퉁이에는 주차장이 딸린 편의점이 있고, 손님과 종업원들이 이쪽을 쳐다본다. 몇 대나 되는 차량이 추돌을 일으켜 담벼락이며 전봇대에 박혀 있고, 교차점 한복판에는 하얀 AS가 주기 중이고, 일반 차량들이 오도 가도 못 한 채 정체를 일으키기 시작해서 여러 모로 대혼란상태였다.

게다가 스마트폰의 착신이 시끄러웠다. 소스케였다. 『무사하냐』라느니 『어떻게 됐냐』라느니 『AS는 때를 봐서 얘기하려 했다』라느니.

진짜, 알 게 뭐야!

"아~ 정말! 그 집 마음에 들었는데! 키익——!"

"빡쳤다."

야스토가 말했다.

"하지만 정말 이상해. 어떻게 들켰을까?"

나미가 말했다.

"팀의 차량이 이쪽으로 오고 있습니다. 이 차량은 포기하고 세이프하우스로 이동하겠습니다."

우엉 짱이 채근했다.

"아냐. 엄마랑 야스토는 내가 옮길래. 당신들은 뒤처리 부탁."

"네?"

나미는 빠른 몸놀림으로 하얀 AS의 등을 타고 뛰어오르더니, 콕핏으로 미끄러져 들어가선, 순식간에 기체를 일으켰다.

『세이프하우스는 토츠카의 아파트 단지 맞지?』

"그거 비밀! 외부음성으로 말하지 마!"

『미안. 그리고 아빠한테 문자 부탁해.』

나미의 AS는 카나메와 야스토를 각각 한 팔에 조심스레 안았다. 준비성 있게도, AS의 엄지에는 조그만 장비가 달려 있었다. 그걸 허리에 장착하라는 뜻이겠지. 야스토는 시킬 필요도 없이 장비를 장착했다.

『됐어?』

이런 대화도 오랜만이라는 기분이 들었다. 고등학생 때는

〈아바레스트〉에 안긴 채 질리도록 시내를 뛰어다녔지…….
이제는 화낼 기력도 없는 카나메는 자포자기한 채 손을 내
저었다.

　"이제 됐어…… 알아서 해."

　"그러고 보니 누나. 이 기체는 이름이 뭐야?"

　『〈아주르 레이븐〉.』

　기체의 장갑 곳곳이 전개되며 ECS 렌즈가 노출되었다.
기체가 안은 카나메, 야스토와 함께 그 모습이 사라졌다.

　이어서 아크 제트가 작동해 기체가 이륙했다. 〈아주르
레이븐〉은 순식간에 상공으로 솟아올라 포물선을 그리며
날아갔다. 추진기도 ECS도, 최근의 모델은 효율이 전혀
다르다. 동력원인 팔라듐 리액터도 성능이 훨씬 올라갔다.
옛날 ECS의 단거리 점프 따위와는 비교도 되지 않는다.

　"여름이라 다행이네!"

　야스토가 외쳤다. 정말, 겨울이었으면 고생했을 것이다.

　돌아보니 아직은 멀리 태평양이 보였다. 어째서인지 그
집에 놓아두고 온 교복이 마음에 걸렸다.

○　○　○

　적에게 들킨 원인이 바로 그 교복이었다.

　쿄코도 미즈키도, 렌까지도, SNS에 교복을 입은 카나메
의 화상을 올렸던 것이다. 태평하게. 아무 악의도 없이.

그날 밤, 미즈키가 심야에 그룹 채팅을 읽었는지 『이거 올려도 돼?』라고 물어봤다. 그 로그가 남아있었다.

《미즈키: 웃겨. 이거 올려도 돼?》
《나: 좋아》
《나: 좋아아》
《미즈키: 그럼 내 계정에 올릴게—.》
《나: 안돼안돼》
《미즈키: 응? 안 돼?》
《나: 잠깐잠깐 굉장해》
《미즈키: 뭐래. 그럼 좋다는 거지?》
《나: 좋아좋아》

이런 대답을 했던 기억은 없지만.

어쩌다 스마트폰의 음성입력이 ON이 됐던 것이 힌트 다…….

아무튼.

얼굴도 가렸고, 거기에 스티커까지 붙여서 더 정체를 알 수 없게 만든 이미지였다. 이름도 숨겼고, 배경은 실내의 클로젯이니 보통 때 같으면 괜찮았을 것이다. 친구들도 『고등학교 때 교복 입은 친구. 그립다!』 정도의 코멘트를 올렸고, 조회수도 한자리 대였다.

하지만 세 사람이 같은 시기에 같은 사진을 올리는 바람에, 적 AI의 주의를 끌었던 모양이었다.

카나메가 이미지를 자신의 AI에게 분석시킨 결과, 배경에 찍힌 클로젯의 행어 파이프가 특수했다. 황동제의 고급품이며 벨기에제인, 일본에는 손으로 꼽을 정도만 수입된 제품. 그것도 20여 년 전에 제조가 중지된 것이었다.

그렇게 되면 이제 후보가 될 집은 거의 좁힐 수 있다.

다시 말해.

이번에 들켰던 것은 완전히 카나메의 책임이었다.

북쪽의 요코하마 시 토츠카에 확보해두었던 세이프하우스── 쇼와 시절 분위기가 풍기는 아파트 단지의 한 집에 일단 모인 사가라 일가는 편의점 도시락을 먹으면서 이야기를 나누고 있었다.

"공격한 기업은 알아냈으니 보복은 해두겠다. 다만 주소가 유출된 원인을 모르겠군. 사로잡은 놈들의 심문을 기다리는 중이다만, 별로 기대는 할 수 없겠지."

저녁 무렵에 합류한 소스케가 말했다.

"엄마가 신주쿠에서부터 미행당했을 가능성은?"

나미가 말하며 편의점의 톤코츠 라멘을 호로록 먹었다. 참고로 그 AS는 근처의 컨테이너 트레일러에 다시 수납해두었다.

"그것도 생각하기 힘들지. 교통망은 이쪽이 감시하고 있으니, 미행 차량이 있었다면 틀림없이 탐지했을 거다."

"위성일지도 몰라. 합성개구레이더(Synthetic Aperture Radar)

를 지속적으로 쓰면 날이 흐려도 추적 정도는 가능할 거 아냐."

야스토가 말했다. 패미치키와 주먹밥 세트를 먹으며 만족스러워했다.

"좋은 착안점이구나, 야스토. 하지만 어젯밤에는 중앙환상선 지하 구간을 탔으니 그 가능성도 배제해도 될 거다."

"그럼 모르겠네~. 그렇게나 조심했는데. 대체 뭐람……."

"정말……."

석연찮은 표정의 세 사람을 보며, 카나메는 삐질삐질 비지땀을 흘릴 수밖에 없었다.

"뭐, 뭐어…… 그런 일도 있는 거 아닐까? 세상 모든 일을 설명할 수 있을 거라고 생각하면…… 안 되잖아!"

사정을 설명하고 싶어도, 소스케(어떤 의미에서는 공범)라면 모를까 아이들에게는 무리다.

무리. 무리. 고등학교 교복 플레이 전에 보냈던 사진이 원인이라니 무리. 아빠랑 꽁냥꽁냥 러브러브하다 잘못 송신해버렸다는 것도 무리!

"걱정만 해봤자 어쩔 수 없잖아! 긍정적으로 가자! 긍정적으로! 응?!"

"하지만 여보. 모든 가능성을 고려해 대책을 세우는 게 우리 집의 방침이다. 그러려면 하나하나, 이 잡듯이 문제점을 찾아내서——."

"당신은 닥치고 있어."

"으, 음."

카나메에게서 피어나는 심상찮은 살기에 압도당해 소스케는 입을 다물었다.

"그 AS에 대한 것도 포함해 나중에 이것저것 얘기할 필요가 있어. 알았지?"

"······예."

"어흠. 그······그건 그렇고. 다음엔 어디서 살 거야? 희망사항 있는 사람~."

야스토가 얼른 손을 들었다.

"쵸후!"

"아아, 아오이랑 같은 학교에 다니고 싶구나."

"아니? 그런 이유는······ 아닌데?"

"난 츄오 선 라인이 좋아······ 오기쿠보 근처."

나미가 말했다.

"왜?"

"신경 쓰이는 라멘 가게가 많아서."

"아아······."

"그렇기는 하지만 도쿄를 한번 떠나는 게 좋겠어."

"그럼 키타카타*."

"라멘에서 벗어나자."

"쵸후가 좋아~ 응? 쵸후 가자."

해변의 호화 저택도 좋지만, 역시 이런 아파트는 마음이 차분해지는구나. 편의점 도시락을 먹으며 카나메는 생각

---

*후쿠시마 현의 키타카타. 일본 3대 라멘 발상지 중 하나이며, 일본에서 인구 대비 라멘 가게가 가장 많은 곳.

했다.

appendix

사가라 야스토는 바쁘다.

데굴거리며 태블릿이나 만지작거리는 것처럼 보이지만, 대개 누군가와 채팅이나 문자를 주고받으며, 동시에 간단한 게임 앱을 만들고 있다. 그리고 동료들끼리 보기 위한 바보 동영상을 편집하거나, 함수로 그림을 그려 서로 보여주거나 하므로 바쁘다. 누나처럼 느긋하게 독서나 하고 있을 시간은 없는 것이다(그러므로 필요할 때는 책의 PDF를 다운받아 AI에게 읽게 하고 요약을 시킨다. 왜냐면 시간이 없으니까).

토츠카의 아파트에서 저녁을 먹은 후, 야스토는 냉큼 태블릿 PC를 꺼내 일상 잡무를 해치우기 시작했다.

우선 모르도바의 도바도바 32부터. 바보 동영상 친구다.

겨우 6초짜리 동영상. 평소의 반라 아저씨(그런 캐릭터다)가 시내를 걸어다니다 느닷없이 퍼펑 폭발한다. 그 파편이 반짝반짝 빛나며 수많은 반라 아저씨가 된다.

폭소했다. 걸작이다. 이 절묘한 타이밍. 젠장, 역시 이 자식은 천재다.

《alinkoanto: LMAO(개웃겨)》

alinkoanto는 야스토가 즐겨 사용하는 이름이다. 아링코

안토*. 뭔가 어디선가 봤던 옛날 애니메이션에서 따왔다.

코멘트를 남긴 다음, 편집 앱으로 조작해 대량의 반라 아저씨가 계속해서 폭발하는 동영상을 즉석에서 만들어 올렸다. 대충이지만 상관없다. 필요한 것은 속도다.

그러는 동안에도 계속 여기저기서 메시지가 왔지만, 뭐 대개 무시하고 있다. 하지만 아차, 이건 카와베 군의 문자다. 오늘 작별한 초등학교의 유일한 친구.

《카와베: 미키하라 군, 지금 괜찮아?》

《alinkoanto: 괜찮아》

《카와베: 학교 그만둔다는 거 진짜야?》

《alinkoanto: 응. 전학 가. 그치만 야마다하곤 상관없어. 집안 사정이야. 자주 이사 다녀》

《카와베: 서운해. 미키하라 군하고는 친구 될 수 있을 줄 알았는데……》

《alinkoanto: 친구 맞아! 온라인에서는 언제든 만날 수 있어. 또 같이 스베라 하자》

스베라는 『스베라 툰』이라는 땅따먹기 게임을 말한다. 오미야에 하나, 토요스에 하나 각각 친해진 친구가 있으므로 이제 4인 팀을 짤 수 있을 것 같다.

《alinkoanto: 그리고 미키하라는 가명. 원래 성은 相良》

《카와베: 가명??? 소료라고 읽는 거야?》

《alinkoanto: 사가라라고 읽어. 이상하지》

그때 하야시미즈 아오이에게서 착신. 카와베 군과는 잠

---

*미국의 TV 애니메이션 아톰 앤트의 패러디. 일본에서는 '괴력 앤트'로 소개되었다.

시 이야기를 마치고 아오이에게 답신했다.

《alinkoanto: 왜?》

《아오이: 슬슬 약속시간이라서요》

《아오이: 혹시 잊어버렸나요?》

아차, 잊어버렸다. 『와글와글 크래프트』하고 놀기로 약속했다. 서버에 재미있는 게 있으니까 안내해준다고 말했지.

《alinkoanto: 당연히 기억했지! 갈까?》

《아오이: 거짓말. 분명 잊어버렸죠》

《alinkoanto: 우— 미안해》

《아오이: 용서해드릴게요. 그 대신 조만간 오프에서 만나고 싶어요》

《alinkoanto: 진짜?! 날아갈게!》

자기도 모르게 갈라진 목소리로 외치고 말았다. 다음에 어디로 이사할지는 정해지지 않았지만, 뭐, 어떻게든 되겠지. 누나에게 부탁해 진짜로 날아갈 수도 있고.

그리고 1시간 반 정도 아오이와 와크를 하고 놀고, 다른 친구와도 이것저것 이야기를 나누었다. 어머니와 아버지가 교대로 찾아와 "그만 자라"라고 했지만, "습격 때문에 신경이 날카로워져서"라고 말하자, 나름 죄책감이 들었는지 늦게 자는 것도 묵인해주었다.

아오이와 헤어진 후, 이번에는 『볼박스』 친구와 만들던 게임에 대해 의논했다. 사실은 오늘까지 야스토가 대충 스크립트를 준비하겠다고 약속했는데, 습격과 데이트 때문에 바빠 아무것도 못했다. 하는 수 없이 프리 소재를 복붙해 땜빵했다. 도중에 들켰지만 데이트 때문이라고 하자 다들 너그럽게 봐주었다.

의논 도중 클라라 누나에게 메시지가 왔다. 미국에서 신세를 졌던 가족의 딸인데, 스무 살이 넘은, 몸 여기저기가 빵빵하고 완벽한 누나다.

《clacla: 있지, 전에 준 구형 스마트폰 그쪽으로 가져갔어?》

《alinkoanto: 아니. 그 노란 상자에 계속 넣어뒀는데》

《clacla: 그럼 돌려줘. 라이플의 발리스틱 앱에 쓸 거야》

탄도 계산 앱을 말한다. 사수가 스코프 옆에 스마트폰을 붙여놓고 쓰는 경우가 많다.

《alinkoanto: 상관없지만 앱 같은 거 필요 없지 않았어?》

《clacla: 그게~ 역시 2000야드 넘으면 계산이 귀찮아서》

클라라 누나는 사격의 천재지만, 이제 탄도 계산 앱은 저격업계에서는 필수 아이템이다. 그녀도 슬슬 문명의 이기에 손을 댈 생각이 들었나보다.

클라라 누나는 야스토를 엄청 귀여워한다. 야스토가 일본으로 이사 온 후로도 거의 매일 말을 걸 정도다.

그렇게 말하고 있을 때 이번에는 동해안에서. 텟사 아주머니다.

《Tessa: 야스토 군. 의논하고 싶은 게 있어요》

《alinkoanto: 좋아요. 뭔데요?》

《Tessa: 이제 곧 나미 양 생일이잖아요? 선물로 뭐가 좋을까 해서》

《alinkoanto: 책이죠. 책이라면 뭐든 좋다고 할 걸요?》

《Tessa: 장르라든가 혹시 모를까요?》

《alinkoanto: 잠깐만요》

아파트의 2단 침대 아랫단에서는 나미가 드러누운 채 독서 중이었다. 베갯맡에 책이 대여섯 권 쌓여 있었으므로, 그것의 책등이 들어오도록 사진을 두세 장 촬영했다.

"뭐 해?"

"그냥 잠깐."

애매하게 대답하자 나미는 금방 책의 세계로 돌아갔다. 사진을 텟사 아주머니에게 전송했다.

《alinkoanto: 지금은 이런 거 보고 있어요. 잘 모르겠지만》

《Tessa: 고마워요. 역시 야스토 군하고 의논하는 게 제일 빠르네요》

《alinkoanto: 엄마한테 물어보면 될 텐데》

《Tessa: 물어봤지만 오히려 이것저것 고민해서요. 어른은 번잡하거든요》

《alinkoanto: 이상해라》

《Tessa: 정말 고마워요. 그럼 이만》

텟사 아주머니는 엄청난 미인이고, 메시지에서도 기품이 느껴진다. 미스테리어스하고, 지금도 뭘 하는 사람인지 도통 모르겠다. 아빠는 그녀를 가끔 '대령님'이라고 부르는

데, 이유는 가르쳐주지 않았다. 아무튼 야스토조차 조금 긴장하면서 존댓말을 써버리게 되는 사람인 것이다. 어머니와는 아주 싹싹한 사이인 것 같았지만.

그 후로도 이 사람 저 사람 친구며 지인과 대화를 나누고, 도바도바 32가 또 걸작 동영상을 보내주기도 해서 날밤을 새우고 있었다.

그때 또 새로운 메시지.

《al: 야스토. 그만 주무세요》

아~ 제일 시끄러운 녀석이 자라고 하네.

《alinkoanto: 잘 거야. 조금만 더》

《al: 이미 0시가 다 됐습니다. 부모님은 아무 말씀 안 하시나요? 자기 아이인데 정말. 저는 용납 못 합니다》

《alinkoanto: 어차피 내일은 학교도 없는걸. 조금 더 해도 되잖아》

《al: 안 됩니다. '잘 자는 아이가 잘 자란다'는 말이 있는데 그건 사실이거든요. 주무세요》

《alinkoanto: 조금만 더》

《al: 주무세요. 10…… 9…… 8……》

《alinkoanto: 알았어! 잘 자, 알》

《al: 안녕히 주무세요, 야스토》

온라인에서는 이 녀석을 당해낼 방법이 없다. 아파트의 라우터를 끊어버리기 전에, 야스토는 한숨을 쉬고 태블릿을 닫았다.

3분 후에는 잠들고 말았다.
이렇게 야스토는 언제나 바쁘다.

(끝)

풀 메탈 패닉!
FULLMETAL PANIC!
Family

후기

오랜만입니다. 가토입니다.

판타지아 문고 35주년 기획 때문이라며 편집부에서 상담을 청했던 것이 1년쯤 전이었습니다. 그럼 뭔가 단편이라도 써볼까 생각하고 있었는데, 어느샌가 이야기가 점점 커지더니 일이 이렇게 되고 말았습니다.

소스케의 20년 후? 카나메와 결혼? 애가 둘?

예전 같으면 '기껏 깔끔하게 끝났으니까 그 뒷이야기는 쓰고 싶지 않다'고 했겠지만, 10년 이상 지나 저 자신의 심경에도 변화가 있었습니다. 그런 집착이 사라지고, 어쩐지 '뭐, 재미있으면 되는 거 아닌가?' 정도로 무뎌졌달까요. 각 에피소드의 타이틀도, 뭔가 그때쯤 『고독한 미식가』를 보면서. 대충 정했고요.

그렇게 되어 액션 코미디 단편 시리즈 되겠습니다.

어른이 된 소스케와 카나메……라고 해도, 소스케는 그런 캐릭터였고, 카나메도 원래 아줌마 같은 면이 있었으니, 별로 달라지질 않았네요. 오히려 마흔 줄에 다가서면서 이거다 싶어질 정도로, 이상하게 나이에 딱 맞는 감이 있습니다.

그리고 카나메는 원작에서 "앞으로도 평생 표적이 되겠

지……"라고 무겁게 말한 적이 있었던 것 같은데, 그렇다고 움츠린 채 살아가야 한다는 법은 없죠. 능력을 활용해 두둥 하고 초재벌이 돼서, 전력도 확보하고, 얼마든지 이사 다니면서 앙갚음도 해주지! ……하는 느낌이 되었습니다. 이 가족, 너무 긍정적이네요.

1화가 오미야의 중고 단독주택이고, 2화가 완간 지역의 타워 아파트, 3화가 가마쿠라의 버블 시절 저택이었으니 다음은 어디로 이사를 보낼까요. 지은 지 50년쯤 되는 너절한 연립 같은 것도 생각해봤지만, 너무 쓸쓸해질 거 같으니 일단 참고 있습니다.

그러면 각 에피소드의 간단한 코멘트를.

『사이타마 현 오미야 시의 단독주택 3LDK』

첫머리의 액션에서 십여 년 만에 소스케를 묘사했는데요, 깜짝 놀랄 정도로 위화감도 고생도 없이 쓸 수 있었습니다. 스스로 이런 말을 하는 것도 뭣하지만, 좋은 캐릭터예요.

개그를 우선시해 게스트 이치로 군의 시점으로 했기 때문에, 일가의 사정은 아직 별로 밝혀지지 않았죠. 나미도 야스토도 그냥 미니 카나메, 미니 소스케는 아닌 것 같습니다.

『도쿄 도 코토 구의 타워 아파트 39층』

이 시리즈, 회화극이 많아질 것 같은 예감이 들었습니다만, 이미 2화부터 회화극 풀 스로틀이네요. 하야시미즈와 소스케의 대화 같은 건 그냥 완전히 아저씨 아줌마 독자용이군요. 젊은 독자 여러분은 내팽개친 채. 하지만 그게 좋다(씨익).

『카나가와 현 가마쿠라 시의 바닷가 저택』
2화에서도 묘사했지만 이 부부 그냥 염장커플이군요. 원래 할리우드 영화 분위기이기는 했지만 키스가 너무 많아. 꽁냥꽁냥도 너무 많아. 아마 목소리도 나미에게 들렸을걸. 하지만 그런 거 별로 신경 쓰지 않는 가정이겠죠.
마지막에 나왔던 AS는 『어나더』를 보신 분은 익숙하실 기체입니다. 10년이 지났으니 여기저기 파워업했죠.

이상입니다. 시키 씨, 느닷없는 기획이었는데도 애써주셔서 감사합니다! 에비카와 씨도 갑작스러운 발주 죄송했어요!
그러면 일단은 2권에서!

가토 쇼지

풀 메탈 패닉!
FULLMETAL PANIC!
Family

11식 개조기
<아주르 레이븐>

Type11kai (ARX-10d) "AZUR RAVEN"

▶ 스펙

제조 : 에비스 중공업 및
카발리어 다이나믹스(및 DOMS)

전고 : 8.7m	중량 : 12t

동력원 : 팔라듐 리액터
(로스 & 한블턴 SSR4300[4250kW])

최대 작전 행동 시간 : 80시간

최고속도 : 170km/h(보행) / 420km/h(비행)

최대고도 : 2100m

고정무장 : GAU-19/S 12.7mm 개틀링 건 ×1
M182A2 와이어 건 ×1

기본 휴대 화기 : 도시바 10식 개량형 단분자 커터
세워드 아세널 「고르곤 2」 155mm 파쇄포

▶ 가토우 쇼우지 AS 코멘터리

사실은 제3화에서 마감
직전에 느닷없이 내보내는
바람에 에비카와 씨에게
초특급으로 완성을
부탁드렸습니다.
매번 죄송합니다!
제3세대형에서는 아마도
최강의 기체일 거에요
(하지만 이거랑 레바테인이
싸우면 누가 이길까?).
'제4세대형 AS'라는 것도
에비카와 씨와 의논 중이니
기대해주세요!

▶ 해설

사가라 가가 보유한(?) AS 중 1기. 육상자위대에서 운용 중인 『11식(일일식)』에 M9
계열의 부품을 조합한 하이브리드 기체로, 이것저것 뒤에서 손을 써 북미에서
제작되었다. 좌우 팔에는 와이어 건과 개틀링을 장비. <애자일 스러스터>는 능력이
향상되어 이 기체에서는 헬기 수준의 체공 성능을 실현시켰다. 게다가 ECS(전자미채)도
탑재되어 완전한 불가시화가 가능하다. 이것만으로도 상당히 강력한 기체지만,
1Gbps 정도의 통신속도를 확보할 수 있다면 지구 어딘가의 알이 지원해 람─(자숙).
아마 현재 세계에서 가장 강력한 기체(중 하나?). 소스케가 늘 말하는 '만에 하나를
대비해'의 일환이기도 하다. 탑승자는 일단 소스케지만, 여기에 타고 있으면 안전은
확실하므로 오히려 나미를 태워두는 경우가 많을지도 모른다.

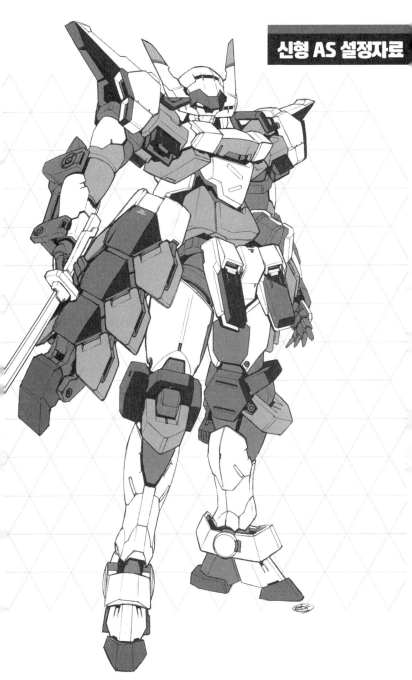

FULLMETAL PANIC! Family Vol.1
©Shouji Gatou, Shikidouji 2024
First published in Japan in 2024 by KADOKAWA CORPORATION, Tokyo.
Korean translation rights arranged with KADOKAWA CORPORATION, Tokyo.

풀 메탈 패닉! Family 1

2025년 1월 15일 1판 1쇄 발행

저　　　　자 가토 쇼지
일 러 스 트 시키 도지
옮　 긴　 이 김민재
발　 행　 인 유재옥
담 당 편 집 정영길

이　　　　사 조병권
출판본부장 박광운
편 집 1 팀 박광운
편 집 2 팀 정영길 조찬희 박치우
편 집 3 팀 오준영 이소의 권진영 정지원
디자인랩팀 김보라 이민서
디지털사업팀 김경태 김지연 윤희진
콘텐츠기획팀 박상섭 강선화
라이츠사업팀 김정미 이윤서
영업마케팅팀 최원석 이다은 윤아림
물　 류　 팀 허석용 백철기
경영지원팀 최정연
인쇄제작처 ㈜코리아피엔피
발　 행　 처 ㈜소미미디어
등　　　 록 제2015-000008호
주　　　 소 서울시 마포구 토정로222, 502호 (신수동, 한국출판콘텐츠센터)
판매 및 마케팅 (070) 8822-2301

ISBN 979-11-384-3213-9 04830
ISBN 979-11-384-3212-2 (세트)